TRAITÉ

DE

ZOOLOGIE

PUBLIÉ SOUS LA DIRECTION

DE

RAPHAËL BLANCHARD

Membre de l'Académie de Médecine
Professeur agrégé à l'Université de Paris
Secrétaire général de la Société Zoologique de France

FASCICULE XI

NÉMERTIENS

PAR

LOUIS JOUBIN

Professeur à l'Université de Rennes

AVEC 53 FIGURES DANS LE TEXTE, DONT 18 EN COULEURS

PARIS

RUEFF ET Cie, ÉDITEURS

106, BOULEVARD SAINT-GERMAIN, 106

1897

TRAITÉ

DE

ZOOLOGIE

FASCICULE XI

NÉMERTIENS

31668. — PARIS, IMPRIMERIE LAHURE
9, rue de Fleurus, 9

TRAITÉ

DE

ZOOLOGIE

PUBLIÉ SOUS LA DIRECTION

DE

RAPHAËL BLANCHARD

Membre de l'Académie de Médecine
Professeur agrégé à l'Université de Paris
Secrétaire général de la Société Zoologique de France

FASCICULE XI

NÉMERTIENS

PAR

LOUIS JOUBIN

Professeur à l'Université de Rennes

AVEC 53 FIGURES DANS LE TEXTE, DONT 18 EN COULEURS

PARIS

RUEFF ET Cᵉ, ÉDITEURS

106, BOULEVARD SAINT-GERMAIN, 106

—

1897

TRAITÉ DE ZOOLOGIE

NÉMERTIENS — NEMERTINI

LOUIS JOUBIN

PROFESSEUR A L'UNIVERSITÉ DE RENNES

Les Némertiens ou Némertes sont des Plathelminthes libres (sauf *Malaco-bdella*), vermiformes, assez proches parents des Turbellariés, dont on les distingue immédiatement parce qu'ils n'ont jamais, comme ces derniers, le corps aplati et foliacé (sauf *Pelagonemertes*), mais au contraire beaucoup plus long que large et d'une épaisseur sensiblement égale au diamètre transversal. On ne voit jamais à leur surface aucune trace de segmentation ni d'appendices, ce qui permet de les différencier, à première vue, des Annélides.

Les dimensions du corps sont excessivement variables; alors qu'on trouve de petites espèces qui n'ont guère que 5 à 10 millimètres de long sur 1 millimètre de large; tandis que la plupart des autres n'ont guère que 5 à 20 centimètres de long sur 1 à 5 millimètres de large, on en rencontre quelques autres qui dépassent 1 ou 2 mètres de long avec une largeur de plus d'un centimètre. Enfin on observe dans le genre *Lineus* des géants qui dépassent communément 5 mètres et peuvent atteindre 20 mètres et au-delà, sans avoir plus d'un demi-centimètre de large.

Malgré ces énormes différences de taille, qui pourraient faire croire à des variations considérables dans l'organisation, le groupe des Némertes est très homogène; entre les Némertes courtes et les plus longues d'une même famille, il n'y a pas d'autre différence qu'un étirement plus ou moins prononcé de la région moyenne du corps, n'intéressant pas la région céphalique et ne modifiant en aucune façon la morphologie générale. Aussi peut-on dire, sans trop d'exagération, que si l'on connaît, dans une Némerte longue de 20 mètres, les cinq premiers centimètres et les deux derniers, on a une notion suffisante de son organisation pour en déterminer le genre et l'espèce, et savoir exactement ses rapports avec les autres animaux du même groupe.

EXTÉRIEUR. — La section du corps est généralement ovoïde, quelquefois presque ronde; chez quelques espèces, elle présente une légère tendance à l'aplatissement, surtout à la face ventrale, sur laquelle elles rampent. La totalité de l'animal est recouverte, comme chez les Planaires, d'un fin revêtement de cils vibratiles, qui deviennent plus longs aux deux extrémités du corps et au niveau d'un étranglement, plus ou moins marqué, qui se trouve dans la région antérieure et simule une sorte de cou (fig. 1).

En avant de ce sillon est une tête, arrondie, pointue, elliptique, spatulée, rarement plus large que le corps (*Carinellidæ*) et pourvue de rainures ou de sillons de forme plus ou moins compliquée, que nous retrouverons à propos des organes des sens. Sur cette tête on aperçoit très souvent des yeux, soit en petit nombre, soit au contraire multiples, de couleur brun foncé ou noire; ils ne sont pas disposés au hasard, mais suivant des figures constantes dans une même espèce et que l'on utilise pour la détermination.

Les Némertes ont parfois de fort belles couleurs; mais, quand on cherche à déterminer ces animaux, on ne doit pas s'en tenir à la seule indication de la couleur, à moins de s'exposer à de graves erreurs. En effet, chez une espèce qui présente le plus généralement une teinte prédominante, il arrive très souvent que certains individus soient pourvus, tantôt sur une partie, tantôt sur la totalité du corps, d'une coloration absolument différente. Ce fait est dû à la diversité des conditions d'existence et plus spécialement à l'influence de la teinte verte, rouge ou brune, que prennent les Algues parmi lesquelles vivent les Némertes. Ainsi se constituent des variétés locales s'écartant du type fondamental.

FIG. 2. — *Lineus geniculatus.* — Tête grossie, vue de profil du côté droit.

FIG. 1. — *Lineus geniculatus.* — Ensemble de l'animal, de grandeur naturelle.

Les diverses colorations sont dues à l'accumulation dans les téguments de grains de pigments diversement nuancés; selon qu'ils sont totalement absents ou uniformément répartis, ou au contraire localisés dans certaines régions bien nettes, les Némertes sont transparentes, blanches, uniformément colorées, ou bien ornées d'une brillante livrée qui prend une apparence veloutée, grâce aux cils vibratiles qui la recouvrent. Cette ornementation consiste en bandelettes longitudinales ou transversales (fig. 1 et 2), en marbrures ou en mouchetures, en anneaux ou en arborescences diversement colorées, qui tranchent toujours vivement sur le ton uni de la peau.

Quelques espèces à demi translucides laissent apercevoir une partie de leur organisation à travers le tégument, principalement les vaisseaux lorsqu'ils contiennent du sang rouge. On connaît enfin une forme pélagique (*Pelago-*

nemertes) absolument transparente, dont le corps présente des expansions latérales cutanées, analogues à des nageoires.

Les Némertes ne présentent jamais d'appendices comparables à ceux des Annélides; tout au plus pourrait-on homologuer à ces organes les deux grands cirres mous, musculeux, que l'on observe des deux côtés de la tête dans le genre très aberrant *Nectonemertes*, profondément modifié par son adaptation à la vie pélagique.

BIOLOGIE. — Plusieurs espèces de Némertes se sécrètent, au moyen de leurs glandes cutanées, un tube qui peut être de consistance parcheminée, ou bâti de grains de sable agglutinés, ou encore formé d'un feutrage de filaments qui, d'abord mous, se solidifient rapidement au contact de l'eau. Ces filaments peuvent encore tapisser les galeries que ces animaux se creusent dans la vase. Certaines Némertes (*Valenciennesia*), lorsqu'on les garde en captivité, sécrètent en grand nombre ces filaments, qui prennent l'aspect de toiles d'Araignées. On peut comparer ces fils à ceux que produisent les glandes fileuses de divers Turbellariés.

Presque toutes les Némertes sont marines. On en a recueilli dans toutes les mers du globe, depuis les plus froides (côtes d'Islande, cap Nord), jusqu'aux plus chaudes (Java, Antilles, Açores, Nouvelle-Zélande, Nouvelle-Calédonie, Australie), ainsi que sur les côtes des îles Kerguelen, des Bermudes, etc. On les trouve le plus fréquemment entre les niveaux extrêmes du balancement des marées, mais un bon nombre d'entre elles vivent à des profondeurs de 20 à 100 mètres, quelques-unes même dans les grands fonds, comme par exemple.*Carinina grata*, recueillie par le *Challenger* à 3 109 mètres. Un très petit nombre d'espèces vit dans l'eau douce; quelques autres, presque aussi rares, se rencontrent dans la terre humide, sous les pierres.

Presque toutes les Némertes sont libres et passent leur existence, autant qu'elles le peuvent, à l'abri de la lumière, dans leurs tubes, sous les rochers, dans le sable ou cachées sous les Algues. Certaines d'entre elles (*Cerebratulus marginatus, Drepanophorus rubrostriatus*, etc.) nagent très vigoureusement à la façon des Anguilles, en faisant onduler leur corps. Quelques petites espèces, comme les *Tetrastemma*, se déplacent à la surface de l'eau, où elles progressent, la surface ventrale au contact de l'air, le dos dans l'eau, par les seuls mouvements de leurs cils vibratiles. On observe un phénomène absolument semblable chez la plupart des Turbellariés aquatiques.

Il y a cependant quelques Némertes qui cherchent une retraite dans la cavité branchiale de diverses Ascidies simples, ou entre les individus qui constituent les grandes colonies d'Ascidies sociales. Il en est d'autres (*Cephalothrix galatheæ* DIECK) qui s'abritent parmi les filaments branchiaux de Crustacés du genre *Galathea*; d'autres enfin (*Polia carcinophila* VAN BENEDEN) cachent leur tube parcheminé, dans lequel elles vivent repliées deux ou trois fois sur elles-mêmes, parmi les poils ovigères sous-abdominaux de la femelle du Crabe (*Carcinus mænas*). Toutes ces formes ne sont pas réellement parasites; elles n'empruntent pas autre chose qu'un abri à leurs hôtes. Il n'y en a qu'une seule, le genre *Malacobdella* DE BLAINVILLE, qui soit réellement parasite, car elle vit, fixée par une ventouse, dans la cavité branchiale de divers Mollusques lamellibranches, aux dépens desquels elle se nourrit.

Le meilleur mode de préparation des Némertes, en vue d'en faire un examen histologique, consiste à les immerger brusquement, pendant un nombre de secondes variable avec la dimension de l'animal, dans l'eau presque bouillante. C'est le procédé qui altère le moins les couleurs et empêche le ratatinement par les alcools employés consécutivement. La conservation dans le formol donne aussi de bons résultats.

Terminologie. — Avant d'étudier l'anatomie des divers organes, il est indispensable d'indiquer en quelques lignes les principales divisions du groupe et les noms sous lesquels on les désigne.

Selon que la trompe est pourvue ou non d'un stylet, on divise les Némertes en *Armées* ou *Enopla* et en *Inermes* ou *Anopla*. Mais, si tous les auteurs ont reconnu la valeur de la section des *Armées*, il n'en est pas de même des *Inermes*, qui constituent un groupement hétérogène; aussi, à la suite de Hubrecht, a-t-on adopté la séparation des Inermes en deux nouvelles subdivisions : les *Schizonémertes* et les *Paléonémertes*; les premières ont de chaque côté de la tête une grande fente longitudinale (fig. 2), dont les secondes sont dépourvues. Le même auteur désigne sous le nom de *Hoplonémertes* celles dont la trompe est pourvue d'un stylet. Ces trois dénominations sont les plus usitées. On indiquera, à propos de la classification, une répartition plus récente et plus précise des genres, due à Bürger; mais elle est moins commode dans la description anatomique, en raison même de sa complexité.

Orifices. — Le tégument des Némertes est percé d'un certain nombre d'orifices, assez difficiles à observer sur l'animal frais. A la pointe antérieure du corps est l'orifice de la trompe, légèrement ventral; un peu en arrière, sur la ligne médio-ventrale et tout près du cou, est la bouche. L'orifice de la trompe et la bouche peuvent quelquefois se confondre (fig. 17, *v*) (Hoplonémertes). L'anus occupe l'extrémité tout à fait opposée du corps et peut être porté au bout d'une petite queue filiforme (*Micrurinæ*; fig. 16, *a*).

Deux autres petits orifices, situés de chaque côté du cou, conduisent à des organes spéciaux, reliés au cerveau. Sur les côtés du corps, mais sensiblement sur la face dorsale, et seulement dans le tiers antérieur de l'animal, on observe deux orifices symétriques, quelquefois en plus grand nombre, qui sont les pores de sortie de l'appareil excréteur. Enfin un nombre considérable, variable avec la longueur de la Némerte, de très petits orifices génitaux, ouverts seulement à l'époque de la maturité sexuelle et disparaissant ensuite, se remarquent sur les deux côtés du corps dans presque toute son étendue, sauf dans la région céphalique. Dans la règle, les sexes sont séparés et il n'y a aucune différence extérieure entre les mâles et les femelles.

Exposé succinct de l'organisation des Némertiens. — Le corps de l'animal est recouvert d'une peau ciliée, de nature épithéliale, reposant sur une membrane amorphe et contenant des glandes cutanées qui peuvent aussi s'enfoncer dans la profondeur du tégument. En dessous se trouve une épaisse couche

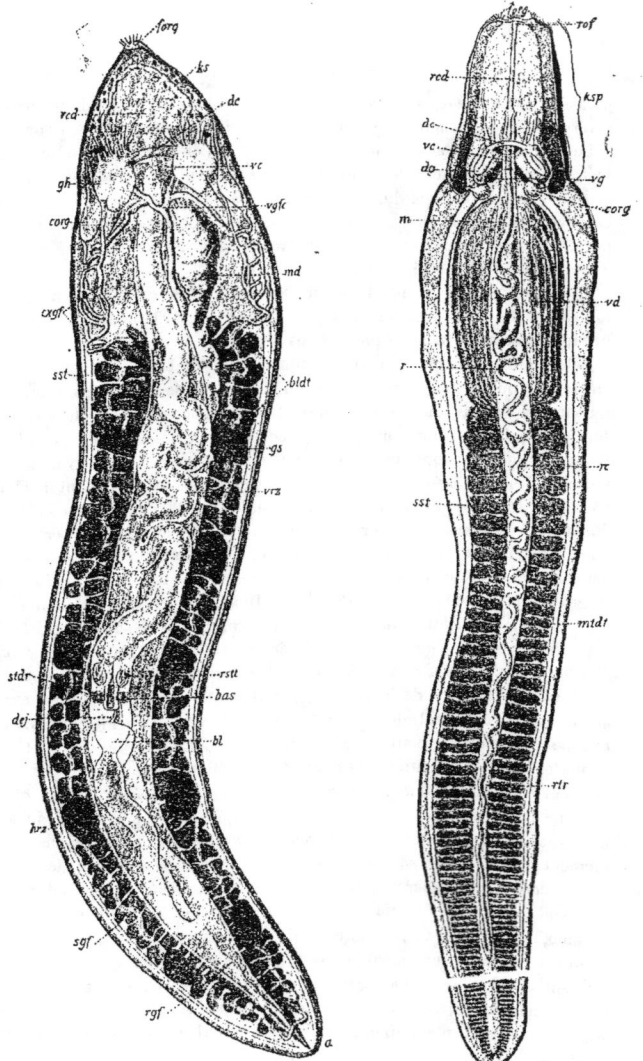

FIG. 3. — Anatomie d'*Amphiporus pulcher*. FIG. 4. — Anatomie de *Cerebratulus fuscus*.

a, anus; *bas*, base du stylet central; *bl*, réservoir à venin; *bldt*, culs-de-sac intestinaux; *corg*, organe cérébral; *dc*, commissure cérébrale dorsale; *dej*, canal éjaculateur du venin; *dg*, ganglion dorsal; *exgf*, canal excréteur; *forg*, organe frontal; *gh*, cerveau; *gs*, sacs génitaux; *hrz*, chambre postérieure de la trompe; *ks*, vaisseau céphalique; *ksp*, fente céphalique; *m*, bouche; *md*, intestin stomacal; *mtdt*, culs-de-sac de l'intestin moyen; *r*, trompe; *rc*, rhynchocœlome; *rod*, rhynchodœum; *rgf*, vaisseau dorsal; *rof*, ouverture de la trompe; *rstt*, poche des stylets de réserve; *rtr*, rétinacle; *sgf*, vaisseau latéral; *sst*, nerf latéral; *stdr*, glandes du stylet; *vc*, commissure cérébrale ventrale; *vd*, intestin antérieur; *vg*, ganglion ventral; *vgfc*, commissure vasculaire ventrale; *vrz*, chambre antérieure de la trompe. — D'après BÜRGER.

musculaire, dont les fibres sont réparties dans des directions déterminées pour chacun des groupes. De la bouche (fig. 3 et 4, *m*) part un œsophage court, à parois plissées, glandulaires, qui vient déboucher dans un intestin s'étendant jusqu'à l'extrémité du corps. L'intestin est rarement lisse et, le plus souvent, garni de poches latérales en cul-de-sac (*bldt, mtdt*), disposées métamériquement; celles-ci s'effacent dans la région postérieure pour former l'intestin terminal.

L'appareil vasculaire est composé de deux ou trois vaisseaux (*rgf, sgf*), se fusionnant dans la tête et au-dessus de l'anus. Ces canaux sont réunis dans beaucoup d'espèces par des vaisseaux transverses. L'excrétion est assurée par un réseau de canalicules s'ouvrant au dehors, terminés d'autre part en culs-de-sac renflés et contenant chacun une flamme vibratile. Chez quelques formes, cet appareil excréteur est en communication avec l'appareil vasculaire.

Au-dessus du tube digestif, enfermée dans une grande poche close (*rc*), est une trompe (*r*) très développée, pouvant se projeter au dehors et garnie, chez les Hoplonémertes, d'un stylet central et de stylets latéraux accessoires (*rstt*). La paroi de la gaine et celle de la trompe sont musculaires et séparées par un liquide.

Le système nerveux consiste en une double paire de ganglions symétriques (*dg, vg*), placés dans la tête à peu près au niveau du cou. Ils sont réunis par deux commissures formant un anneau dans lequel passe la trompe. Ce n'est donc pas un collier œsophagien. De ce cerveau sortent en arrière deux gros troncs (*sst*) contenant des cellules et des fibres nerveuses, qui vont se rejoindre en arrière sous l'intestin. Du cerveau et des troncs latéraux partent des nerfs nombreux.

Les organes des sens consistent en des yeux répartis sur la tête de diverses façons, des otocystes dont la présence n'a encore été constatée que chez quelques espèces, des cils tactiles cutanés, enfin, sur les côtés de la tête, deux organes latéraux (*corg*) spéciaux en relation avec le cerveau (*gh*).

Les sexes sont séparés, à de très rares exceptions près, et les glandes génitales sont de simples sacs clos (*gs*), disposés des deux côtés du corps, dans les intervalles des culs-de-sac digestifs. Ils ne s'ouvrent au dehors qu'au moment de la maturité.

TÉGUMENTS. — La peau consiste en un épithélium à cils vibratiles (fig. 5, *c*), formé fondamentalement de cellules cylindro-coniques (*cs*) à base souvent très rétrécie, entre lesquelles se logent en grand nombre des cellules glandulaires (*gl, gm*). Celles-ci sécrètent la matière visqueuse dont le corps est enduit (*gep, go*) et qui, chez certaines espèces, sert à la construction d'un tube où elles se logent. Ces cellules sont implantées dans une faible quantité de tissu conjonctif gélatineux, dont on peut çà et là reconnaître les noyaux (*no*). Entre les cellules épidermiques on distingue des filaments nerveux (*n*) qui se ramifient vers la surface. Des grains de pigment de couleur diverse (jaune, vert, rouge, brun, noir, blanc), dépendant souvent de cellules spéciales pigmentaires (*cp*) ou indépendants, se rencontrent entre les cellules de soutien et aussi dans la profondeur des couches musculaires.

Les cellules glandulaires sont tantôt isolées, tantôt réunies par paquets (*gep*); il peut arriver aussi que, seul, le canal excréteur de ces glandules se rencontre dans l'épiderme, et que les cellules dont il est le prolongement soient situées dans la profondeur des couches sous-jacentes (Schizonémertes; *gr*). Les canaux contiennent souvent un grand nombre de petits corpuscules se colorant facilement; ce sont des *rhabdites* semblables à ceux des Turbellariés.

A ces glandes tégumentaires il faut probablement rattacher les glandes dites céphaliques qui, chez certains Némertiens, peuvent atteindre de grandes dimensions.

La membrane basale, amorphe, plus ou moins épaisse et contenant çà et là des noyaux isolés, sépare cet épiderme des couches musculo-cutanées ou conjonctives sous-jacentes.

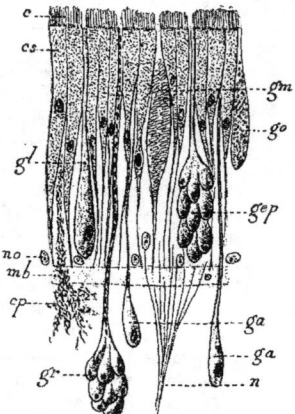

MUSCULATURE. — L'élasticité des téguments est extrême, ce qui explique les différences considérables de dimensions que l'on constate entre l'état d'extension et de contraction complètes.

Les muscles sont compliqués et affectent, selon les sous-ordres où on les étudie, des dispositions très diverses. On doit tout d'abord en reconnaître de deux sortes : 1° les muscles pariétaux dépendant du tégument général du corps, et 2° les muscles viscéraux dépendant de la trompe, de sa gaine ou de l'intestin. Ces deux types de muscles ont une origine embryonnaire différente.

FIG. 5. — Figure schématique résumant la composition et les rapports des éléments constituant l'épiderme des Némertes. — *c*, cils vibratiles; *cp*, cellule pigmentaire; *cs*, cellules de soutien; *ga*, glande simple profonde; *gep*, glande composée superficielle; *gl*, glande simple superficielle; *gm*, glande à mucosité; *go*, autre glande cutanée; *gr*, glande composée profonde; *mb*, membrane basale; *n*, nerf; *no*, noyau du tissu amorphe intercellulaire.

Chez les Paléonémertes (type *Carinella*, fig. 6) on trouve, sous une épaisse membrane basale (*mb*), une première couche de muscles circulaires (*ce*), puis une couche de fibres musculaires longitudinales (*cl*), dont les fibres les plus externes sont diagonales, d'après BÜRGER. La couche longitudinale repose sur une deuxième couche circulaire (*ci*), appliquée contre l'intestin; selon le même auteur, cette dernière fait partie de l'appareil musculaire viscéral et non du pariétal.

Cette couche profonde enveloppe non seulement l'intestin, mais aussi la gaine de la trompe (*tg*) qui a, en outre, une couche musculaire propre. Sur les lignes médianes, ventrale et dorsale, il se fait un entre-croisement des fibres musculaires profondes et superficielles, disposition qui constitue une sorte de raphé ou de cloison, divisant le cœlome en deux moitiés symétriques latérales.

Chez les Schizonémertes, ainsi que dans les genres *Eupolia* et *Valen-*

ciennesia, qui sont des Paléonémertes, la mince membrane basale (*mb*) sépare la peau d'une couche conjonctive (fig. 7, *Br*), contenant les glandes profondes; on trouve au-dessous une couche de fibres longitudinales (*le*) dont la partie externe est diagonale, puis une couche de fibres circulaires (*c*) et enfin une seconde couche de fibres longitudinales profondes (*li*).

Chez les Hoplonémertes (fig. 7, *C*), la disposition des fibres présente quelques caractères spéciaux. Sous la membrane basale épaisse s'étend une couche de fibres circulaires (*c*) avec des fibres diagonales, auxquelles font suite les muscles longitudinaux disposés en faisceaux radiés (*l*), séparés

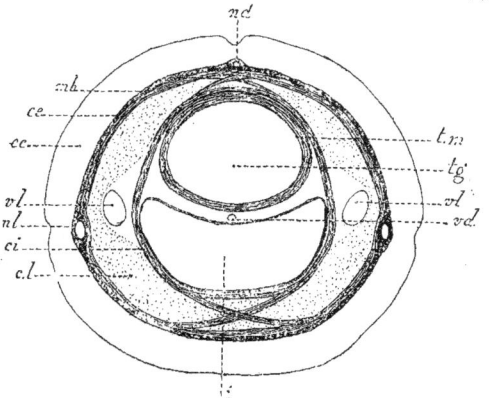

Fig. 6. — Coupe schématique montrant la musculature de *Carinella*. — *ce*, couche musculaire circulaire externe; *ci*, couche musculaire circulaire interne; *cl*, couche musculaire longitudinale; *ee*, épiderme; *i*, intestin; *nd*, nerf dorsal; *nl*, cordon nerveux latéral; *mb*, membrane basale; *tg*, cavité de la gaine de la trompe; *tm*, paroi de la gaine de la trompe; *vd*, vaisseau dorsal; *vl*, vaisseau latéral.

les uns des autres par des fibres musculaires et conjonctives transversales rejoignant le tube digestif.

Les fibres musculaires, tantôt isolées, tantôt réunies par petits paquets, sont plongées dans la gelée conjonctive mésenchymateuse qui remplit le cœlome et sépare ainsi tous les éléments des muscles. Dans certains cas, cette gelée est si abondante que les muscles sont, de ce fait, dissociés; cela se voit principalement dans les muscles longitudinaux, surtout chez les Hoplonémertes. Si ce parenchyme vient à diminuer, les fibres sont plus rapprochées et le muscle plus dense. Les fibres musculaires sont pourvues de noyaux faciles à colorer.

Dans la tête, les muscles perdent leur disposition en couches nettement distinctes, pour former une sorte de feutrage riche en fibres radiées, accompagnées de nombreux trabécules dorso-ventraux. Au milieu de ces fibres on trouve les canaux, les glandes et les nerfs qui sont particulièrement abondants dans cette région.

Cœlome. — Les parois du corps, tant épithéliales que musculaires, limitent un grand sac viscéral, le *cœlome*, qui est en grande partie occupé par la gaine de la trompe et l'intestin, puis, pour une moindre partie, par les vaisseaux, dans certains cas par les nerfs, et par des fibrilles conjonctives ou musculaires servant de brides d'attache aux viscères précédents. Lorsque les organes génitaux ne sont pas en activité, leur volume est à peu près négligeable; mais, à l'époque de la maturité sexuelle, ils s'accroissent tellement qu'ils achèvent de combler presque en entier le reste de la cavité générale. Celle-ci est donc très réduite en étendue et en volume; mais, de plus, elle n'est que virtuelle, car elle est entièrement remplie par une sorte de gelée transparente, plus ou moins dense, ne laissant même pas de lacunes libres, et dans

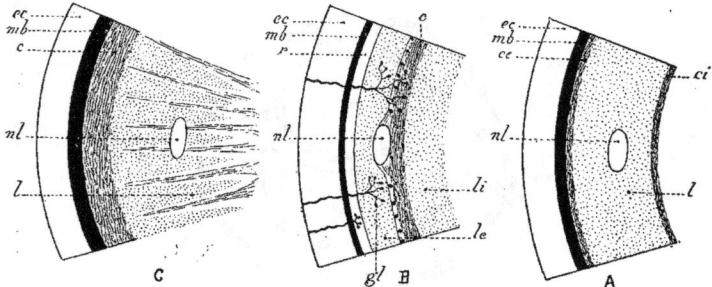

Fig. 7. — Schèmes du tégument des divers sous-ordres de Némertes, d'après Hubrecht, avec quel ques complèments et modifications. — A, *Cephalothrix* (Paléonémerte); B, *Cerebratulus* (Schizonémerte); C, *Amphiporus* (Hoplonémerte). — *c*, couche musculaire circulaire; *ce*, couche musculaire circulaire externe; *ci*, couche musculaire circulaire interne; *ec*, épiderme; *gl*, glandes tégumentaires; *l*, couche musculaire longitudinale; *le*, couche musculaire longitudinale externe; *li*, couche musculaire longitudinale interne; *mb*, membrane basale; *nl*, nerf latérale; *r*, couche conjonctive.

laquelle on trouve disséminés des noyaux plus ou moins rapprochés les uns des autres. Il y circule aussi des éléments amiboïdes. Cette gelée relie les différents organes entre eux; elle forme en quelque sorte un tissu conjonctif amorphe; d'après divers auteurs, elle est tout à fait comparable à la substance gélatineuse des Méduses. Ce tissu parenchymateux est l'homologue et l'analogue de celui qui, chez les Turbellariés, comble entièrement ce qui devrait être la cavité générale; on constate de très bonne heure sa présence chez l'embryon; il dérive directement des cellules mésodermiques qui, primitivement chez la larve, et un peu plus tard chez le jeune, se sont intercalées entre la peau et l'intestin. Ces cellules sont émises par l'épithélium intestinal (endoderme larvaire) qui les produit par bourgeonnement; plus tard elles se gélifient.

Trompe. — C'est l'organe le plus caractéristique des Némertes; il ne manque jamais et n'est même jamais rudimentaire. Cet appareil compliqué se compose de deux parties : la *trompe* proprement dite et la *gaine* qui la renferme (fig. 8). Ce sont deux cylindres creux, emboîtés l'un dans l'autre et écrasés par un liquide qui sert, entre autres usages, à adoucir les frottements du tube contenu sur le tube contenant. Le cylindre intérieur, la trompe (*t*), est seul ouvert à l'extérieur, par un petit orifice (*o*) situé à la pointe antérieure du corps; le cylindre extérieur, la gaine (*g*), est entièrement clos, sans communication avec le dehors, ni même avec la trompe qu'il renferme.

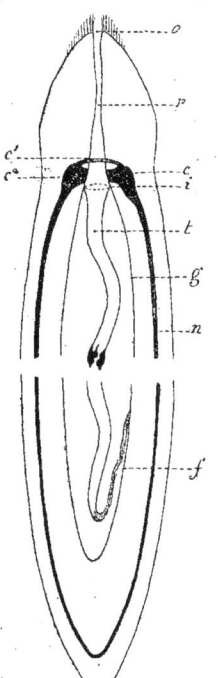

Ce système de deux tubes emboîtés occupe la région dorsale de l'animal, entre la paroi du dos et l'intestin, et s'étend souvent presque jusqu'à l'extrémité du corps (fig. 3 et 4, *r*); chez quelques espèces, il n'en atteint que le milieu ou le tiers. Il est à remarquer que, chez les très grandes espèces, la trompe est proportionnellement le moins développée; elle ne dépasse guère alors le quart ou même le sixième de la longueur totale. Elle est, par ailleurs, plus longue que le corps tout entier et, en tous cas, toujours plus longue que sa gaine; pour se loger dans cette dernière, elle doit donc se replier sur elle-même un plus ou moins grand nombre de fois, ce qui lui donne son aspect ordinaire ondulé.

La gaine et la trompe sont attachées l'une à l'autre suivant un cercle (fig. 8, *i*; fig. 9), sensiblement au niveau du système nerveux. Au delà de ce point, on remarque en avant un étroit conduit (fig. 3 et 4, *rcd*; fig. 8, *r*), clos ordinairement par le rapprochement de ses parois et qui ne s'ouvre que pour livrer passage à la trompe. Ce conduit, auquel HUBRECHT a donné le nom de *rhynchodœum*, est muni d'un sphincter; il mène directement à l'orifice externe cutané, qu'entourent de grands cils vibratiles.

La gaine de la trompe est une poche entièrement close, constituant une véritable cavité générale secondaire, incluse dans le cœlome et désignée par BÜRGER sous le nom de *rhynchocœlome* (fig. 3 et 4, *rc*). Ses parois, fort épaisses, sont formées de plusieurs plans de fibres musculaires: en dedans, une couche de fibres longitudinales; en dehors, une couche de fibres circulaires; enfin, une couche de fibres obliques entre les deux.

La gaine est en outre tapissée en dedans par un épithélium et contient un liquide où baigne la trompe et dans lequel nagent des corpuscules rouges. Appliquée contre le tégument dorsal, elle est maintenue en place par de nombreux filaments conjonctifs lâches. Chez les *Drepanophorus*, genre de Némertes armées, elle est pourvue,

FIG. 8. — Schème de la trompe et de sa gaine, montrant leurs rapports avec le système nerveux. La partie moyenne du corps a été supprimée. — *c*, ganglions cérébroïdes; *c¹*, *c²*, commissures dorsale et ventrale formant collier autour de la trompe; *f*, filament postérieur musculaire de la trompe (rétinacle); *g*, gaine de la trompe; *i*, insertion annulaire de la trompe sur la paroi interne de sa gaine; *n*, nerf latéral; *o*, orifice de sortie de la trompe; *r*, rhynchodœum; *t*, trompe.

de chaque côté, de diverticules en cul-de-sac métamériquement disposés.

Selon que l'on a affaire à des Némertes armées ou inermes, on trouve dans la trompe une complication spéciale. Chez les Inermes, elle ne se compose que d'une longue poche dévaginable comme un doigt de gant, pourvue à sa partie postérieure d'un cordon élastique rétracteur. Chez les Armées, on y reconnaît quatre parties bien distinctes : 1° une portion antérieure insérée sur la gaine et faisant suite au rhynchodœum, au niveau du système nerveux ; 2° un appareil stylifère compliqué, situé dans la partie moyenne de l'organe ; 3° une longue poche, constituant la région postérieure du cylindre, glandulaire et non dévaginable (fig. 3, *hrz*) ; 4° un cordon musculaire postérieur, rattachant le fond de la trompe à la gaine : c'est le *rétinacle* ou muscle rétracteur (fig. 8, *f*).

La trompe a des parois épaisses, essentiellement musculaires, se continuant avec celles de la gaine ; la disposition des muscles est assez variable selon les groupes. Chez les *Carinella* (Paléonémerte), elle comprend une couche de fibres circulaires sous-épithéliales, une couche de fibres longitudinales et enfin les cellules qui tapissent la cavité de la gaine. Chez les *Cerebratulus* (Schizonémerte), on trouve deux couches musculaires longitudinales, entre lesquelles est une couche circulaire. Chez les Hoplonémertes, on trouve dans la chambre antérieure (fig. 10, A) les couches suivantes : 1° épithélium (*ep*) tapissant la cavité de la gaine ; 2° mince couche conjonctive ; 3° couche de muscles circulaires (*mci*) ; 4° couche musculaire longitudinale (*mli*) ; 5° couche de muscles longitudinaux (*mle*) ; 6° couche de muscles circulaires (*mce*) ; 7° membrane basale ; 8° papilles épithéliales (P). Les deux couches de muscles longitudinaux peuvent se fusionner en une seule ; dans la chambre postérieure de la trompe (fig. 10, B), on trouve seulement

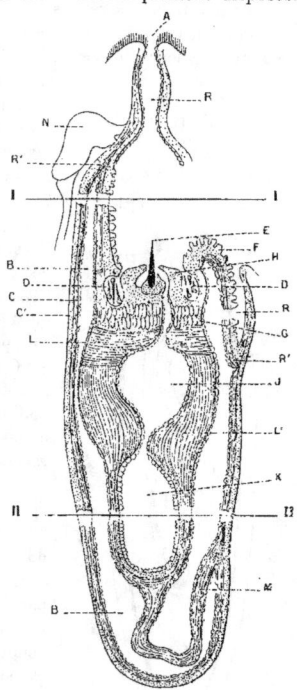

Fig. 9. — Schème de la trompe d'une Némerte armée. La partie antérieure, au-dessus de la ligne I-I, est le rhynchodœum à l'état de repos. La partie moyenne entre les lignes I-I et II-II représente l'appareil stylifère invaginé du côté gauche, dévaginé du côté droit, où l'on voit le rapport de la trompe avec son point de fixation au rhynchodœum (R R'). La partie inférieure, au-dessous de la ligne II-II, représente le fond de la trompe et ses rapports avec la gaine proboscidienne à laquelle elle est fixée au moyen d'un cordon musculaire M. — A, orifice externe de l'appareil proboscidien ; B, C, C', les couches musculaires longitudinale interne et circulaire externe de la gaine ; D, poches des stylets accessoires ; E, stylet central ; F, papilles à nématocystes ; G, glandes ; H, sphincter ; J, réservoir à venin ; K, réservoir postérieur ; LL', muscles constricteurs ; M, muscle rétracteur postérieur ou rétinacle ; N, cerveau.

Pour rétablir les proportions exactes entre la longueur et la largeur, il faut supposer un allongement considérable des parois aux points interrompus en I-I et II-II.

deux couches de muscles, l'une

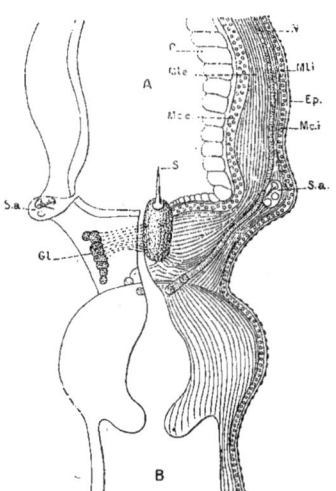

Fig. 10. — Coupe longitudinale de la partie centrale de la trompe de *Prosadenoporus arenarius*, d'après Bürger. — A, cavité de la chambre antérieure; B, cavité de la chambre postérieure; *Ep*, épithélium; *Gl*, glandes; *Mce*, couche musculaire circulaire externe; *Mci*, couche musculaire circulaire interne; *Mle*, couche musculaire longitudinale externe; *Mli*, couche musculaire longitudinale interne; *N*, nerf; *P*, papilles de la trompe; *S*, stylet central; *Sa*, stylets accessoires.

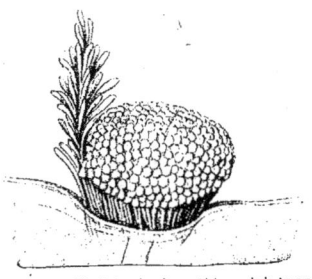

Fig. 11. — Papille de la chambre antérieure de la trompe de *Drepanophorus spectabilis*, d'après Bürger. Grossie 325 fois.

circulaire et l'autre longitudinale.

La chambre antérieure de la trompe est recouverte, chez les Némertes inermes, de houppes de cellules renfermant des nématocystes, selon plusieurs auteurs, et seulement des rhabdites d'après Bürger. Cet épithélium devient externe pendant la dévagination et sa fonction urticante s'exerce alors. Les papilles constituées par ces cellules prennent des aspects très variés et souvent fort étranges, selon les espèces (fig. 11).

Chez les Hoplonémertes, la partie centrale de la trompe est très compliquée et présente un grand intérêt. C'est une masse courte, solide, constituée par un renflement des muscles et des parois épithéliales et par l'adjonction de nouveaux organes; cet appareil rétrécit la cavité centrale et produit en même temps une saillie à l'extérieur.

Ce renflement est creusé d'une cavité ovoïde (fig. 9, J), sorte de réservoir où s'accumule une goutte du liquide sécrété par la poche postérieure de la trompe (fig. 9, K; fig. 10, B).

En haut et au centre de cette région musculaire est implanté un petit stylet aigu, rigide, dur et cassant, en forme de clou, pourvu à sa base renflée d'un léger bourrelet saillant, semblable à la tête d'une épingle. On ne sait pas exactement de quelle matière est formée cette arme; toutefois, il est à présumer qu'elle est calcaire, car on amène facilement sa dissolution par un acide faible, sans que, cependant, il y ait émission de bulles d'acide carbonique; Vaillant fait remarquer que la masse de calcaire est si petite qu'il est fort possible que le peu de gaz produit se dissolve immédiatement.

Le stylet, extrêmement pointu, a l'aspect d'une lame de poignard enchâssée

dans une sorte de manche large et court, de couleur brune, d'aspect granu-
leux, logé lui-même dans une poche à paroi épithéliale (fig. 10, s). Les
cellules qui composent ce revêtement, lequel n'est lui-même, d'après MONT-
GOMERY, qu'un simple enfoncement de l'épithélium de la trompe, sont très
élevées et cylindriques. La lame et son manche ont l'aspect d'un poignard et
en jouent très vraisemblablement le rôle. La forme de ce manche est sujette
à quelques variations : il peut être plus ou moins long, étroit ou renflé,
pourvu d'ailerons latéraux (fig. 9, E) ou presque carré; tous ces caractères
sont utilisés dans la détermination des espèces.

Le stylet à l'état de repos est presque entièrement caché par les tissus
environnants (fig. 9, côté gauche), surtout par les houppes épithéliales du
fond de la chambre antérieure de la trompe ; mais lorsque l'organe est dévaginé à son maximum, le stylet se dégage, fait alors fortement saillie et occupe
le sommet de la trompe turgescente (fig. 9, côté droit),
la transformant ainsi en une arme offensive.

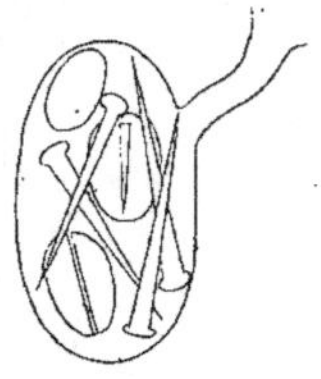

Des deux côtés de ce stylet central on observe une
poche (fig. 9, D; fig. 10, Sa) pourvue d'un canal s'ouvrant
au fond de la chambre antérieure de la trompe et contenant un nombre variable (de deux à une vingtaine) de
petits stylets supplémentaires (fig. 12), mais non em-
manchés, dont la forme est à première vue semblable
à celle du stylet central. Chez quelques espèces, ce

Fig. 12. — Poche à stylets
accessoires d'*Amphipo-
rus lactifloreus.*

nombre de deux poches latérales est dépassé; on peut
alors en observer quatre ou six; mais ailleurs on n'en
trouve que deux, ou même il n'y en a plus du tout. Les stylets contenus dans
ces poches latérales sont à divers états de développement; les uns sont
réduits à une minuscule aiguille transparente, les autres ont déjà la forme
caractérisée d'une lame, d'autres enfin sont pourvus d'une tête. Chacun d'eux
est enfermé dans une petite capsule ovale, transparente, qui est probablement la paroi de la cellule dans laquelle il s'est développé. Les plus avancés
n'ont plus cette sorte de coque, qui doit disparaître quand leur formation
est terminée. On trouve enfin, dans les poches latérales, des vésicules transparentes ne contenant aucune trace de stylet; on les considère comme des
cellules jeunes en réserve pour la production future.

On a longtemps considéré ces stylets latéraux comme destinés à venir rem-
placer le stylet central, au cas où il viendrait à se briser; mais, outre que l'on
n'a jamais donné une explication sérieuse du mécanisme de cette substitution,
il a été récemment démontré par MONTGOMERY que le stylet central et les
latéraux n'ont pas la même structure (fig. 15). Or, on n'a pas encore
trouvé, au centre, de stylet emmanché ayant la structure des latéraux; on
est donc amené à penser que le remplacement, si tant est qu'il existe,
se fait sur place par la sécrétion d'un nouveau stylet central et non
par substitution d'un stylet de réserve. Enfin, certaines Némertes ne possè-
dent que le stylet central, d'autres seulement les latéraux; ce fait,
pour ces espèces tout au moins, détruit la possibilité du remplacement.

Ces observations renversent également une ancienne opinion de Claparède, d'après laquelle les poches latérales serviraient seulement à recevoir les stylets hors d'usage, rejetés par l'appareil central, et à en opérer la destruction.

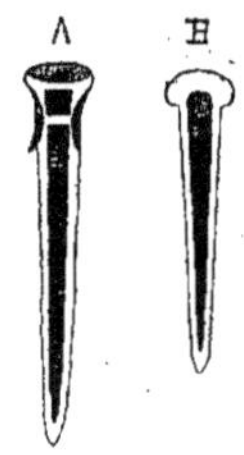

Il faut dire, cependant, que toutes les observations, anciennes ou récentes, sur ce sujet, ne sont pas assez concluantes pour clore la discussion qui dure depuis de longues années, sur les stylets accessoires et leur destination. En particulier, O. Bürger conteste l'exactitude de certaines descriptions de Montgomery.

Telle est la trompe des Némertiens armés. Chez les autres, toute cette portion centrale si compliquée est absente et il n'y a pas d'autre différence importante entre la région antérieure et la postérieure qu'une légère diminution du diamètre de cette dernière.

Fig. 13.— Stylets de la trompe chez une Hoplonémerte, d'après Montgomery. —A, stylet central; B, un des stylets d'une vésicule accessoire.

Dans le genre *Drepanophorus*, l'appareil stylifère subit une modification des plus singulières. Il est remplacé par une lame cornée, arquée, sur laquelle sont implantés de nombreux petits stylets en série courbe (fig. 14, *st*), ce qui donne à cet organe une certaine ressemblance avec la *radula* des Mollusques gastéropodes. Chez *Drepanophorus serraticollis*, Hubrecht a décrit autour de la lame centrale recourbée un grand nombre de poches accessoires renfermant de petits stylets courts et larges, à grosse tête, de même forme que ceux qui sont implantés sur l'arc central. Un muscle en éventail, très développé, est évidemment destiné à donner un mouvement de va-et-vient à cet organe, qui fonctionnerait alors comme une râpe.

Le mécanisme de l'émission de la trompe est assez compliqué, et bien des points restent encore à éclaircir, d'autant plus qu'il n'a jamais été observé à l'état normal. On a cependant lieu de penser que c'est la gaine musculaire de la trompe qui, par ses contractions, comprime le liquide qu'elle renferme ; cette compression force la trompe à basculer autour de son cercle d'insertion supérieure, fonctionnant comme charnière. L'épithélium interne de la chambre antérieure devient alors externe, et la dévagination, à la façon d'un doigt de gant, s'arrête au moment où le stylet fait saillie à la pointe de l'organe (voir la portion droite de la fig. 9). Ce mouvement de projection peut être si brusque et si violent, lorsqu'on excite l'animal artificiellement, que la trompe, brisant à la fois son insertion supérieure et son rétinacle postérieur, est projetée au loin. La trompe peut, dit-on, se régénérer chez les Némertes qui l'ont ainsi perdue. Une fois sa fonction remplie, elle se réinvagine dans sa gaine, qui, par le relâchement de ses muscles, décomprime le liquide qu'elle renferme et aspire en quelque sorte la trompe ; celle-ci, d'autre part, est sollicitée à revenir en arrière par son rétinacle élastique reprenant sa position de repos.

On ignore s'il faut attribuer à la trompe une fonction exclusivement défensive, ou si elle est aussi chargée de tuer et de capturer ensuite de petits animaux, des Crustacés, par exemple, dont l'animal ferait sa nourriture. On ne sait pas, en tout cas, comment ces proies, si tant est qu'elles soient prises par la trompe, sont portées par elle à la bouche.

Appareil digestif. — On a souvent considéré cet appareil (fig. 15, 16, 17) comme formé de la trompe et de l'intestin. Mais ces deux organes sont bien nettement distincts par leur situation, leur fonction, leur structure et surtout par leur origine absolument différente de même que toute leur évolution. On semble être actuellement d'accord pour ne point les réunir dans le même appareil, bien que chez quelques Némertes la trompe s'ouvre dans la

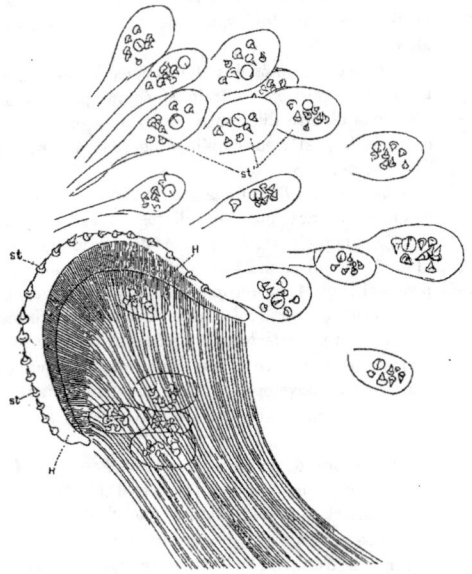

Fig. 14. — Armature stylifère de *Drepanophorus serraticollis* adulte, d'après Hubrecht. La lame cornée recourbée, pourvue d'une série de stylets et d'un gros muscle, est entourée de nombreuses vésicules à stylets accessoires.

partie terminale antérieure de l'œsophage. L'intestin a été anciennement décrit comme étant l'appareil génital, la fonction digestive étant dévolue à la trompe; la bouche était alors prise pour un orifice génital et l'anus était méconnu.

La bouche (fig. 15, 16, 17 *b*,) est placée à la face inférieure de la tête, à peu près au niveau de l'étranglement en forme de cou sur lequel s'ouvrent les organes latéraux; elle peut être située soit un peu au-dessus, soit un peu au-dessous de ce cou (fig. 4, *m*). Chez les Hoplonémertes, elle est située en avant des ganglions cérébroïdes; chez les autres Némertes, elle est toujours en arrière de ces organes.

Elle a, le plus ordinairement, la forme d'une fente allongée, qui, dans certains genres, peut se raccourcir en un très petit orifice circulaire. Elle

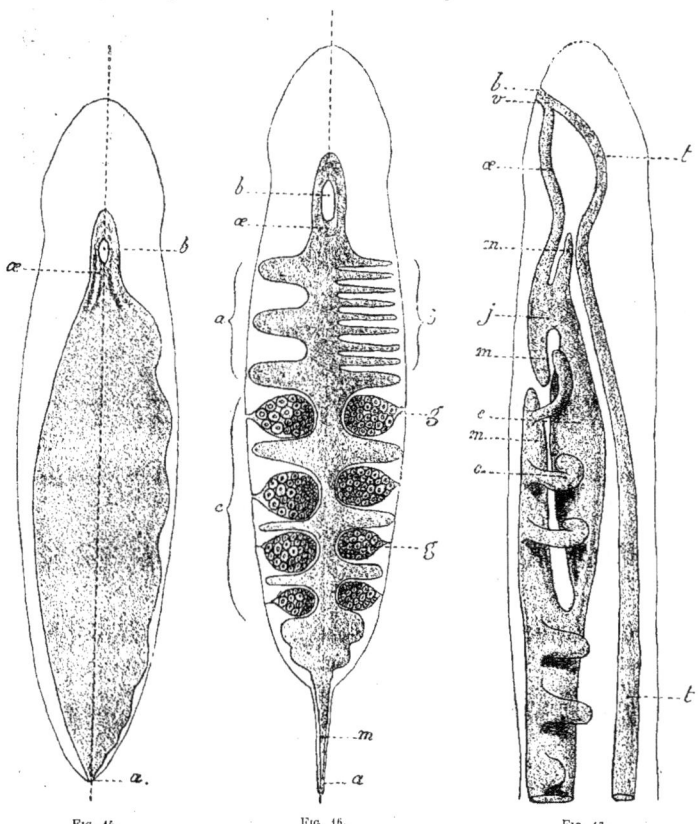

FIG. 15.   FIG. 16.   FIG. 17.

FIG. 15, 16 et 17. — Schèmes de l'appareil digestif de diverses espèces de Némertes. Dans les figures 15 et 16, le corps a été supposé beaucoup plus court qu'il n'est en réalité. — *a*, anus; *b*, bouche; *g*, glandes génitales; *œ*, œsophage; *t*, trompe.

FIG. 15. — Le côté gauche du dessin représente l'intestin à parois lisses chez les *Carinella* et *Malacobdella*; le côté droit, légèrement ondulé, représente l'intestin de diverses espèces de Némertes.

FIG. 16. — Région *a* : disposition de l'intestin dans la majorité des Némertes. — Région *b* : culs-de-sac intestinaux très nombreux chez les *Langia*. — Région *c* : la disposition normale de l'intestin est modifiée et la symétrie masquée par le gonflement des glandes génitales. — *m*, filament caudal des *Micrura*.

FIG. 17. — Vue de profil de la portion antérieure du tube digestif d'*Amphiporus marmoratus* HUBRECHT. — *c*, cæcums en forme de crosse; *c*, estomac; *j*, jabot; *m*, diverticules impairs de l'estomac; *v*, verticule commun à la trompe et à l'œsophage.

est entourée d'un bourrelet plus ou moins saillant, au-dessous duquel on trouve un sphincter musculeux. Cette sorte de lèvre, richement innervée,

contient souvent de nombreuses glandules, plus ou moins profondément
enfouies sous le tégument, jouant peut-être le rôle de glandes salivaires.

Chez quelques Némertes armées, l'orifice buccal et celui de la trompe sont
confondus en un court vestibule (fig. 17, *v*) dont l'ouverture est placée presque
au bout de la tête.

A la suite de la bouche on trouve un œsophage (*œ*) généralement court,
à section arrondie ou aplatie, à parois plissées longitudinalement, ce qui
produit à l'intérieur une série de rainures verticales. Il est coloré en jaune
ou en brun par un épithélium cylindrique, épais, contenant de nombreuses
glandes, unicellulaires caliciformes, recouvrant un revêtement musculaire
plus ou moins développé, qui fait presque totalement défaut dans le reste
de la paroi intestinale, surtout en arrière.

L'intestin qui lui fait suite peut être un simple boyau à paroi lisse, ouvert
en arrière à l'anus ; c'est le cas chez *Malacobdella* et chez *Carinella* (fig. 15,
côté gauche) ; chez quelques autres Némertes, l'intestin est légèrement
boursouflé sur ses parois latérales (fig. 15, côté droit). Mais chez la grande
majorité des Némertes, il est pourvu d'une série bilatérale de diverticules
(fig. 16, région *a*) constituant autant de petites poches disposées par paires
à la suite les unes des autres ; leur nombre est peu considérable chez les
espèces courtes, mais il devient énorme chez celles qui sont longues (fig. 4).
C'est surtout à cette disposition, qui peut devenir extrêmement accentuée
lorsque les culs-de-sac latéraux sont grands et bien dégagés, qu'est due
l'apparence métamérique de plusieurs organes des Némertes ; ils se distribuent régulièrement entre ces culs-de-sac, qui en quelque sorte règlent
leur position.

Cette disposition, très nette lorsque l'animal est encore jeune ou n'est point
en état d'activité sexuelle (fig. 3 et 4), devient au contraire plus irrégulière
et moins évidemment métamérique lorsqu'elle est altérée, même quelquefois
au point d'être complètement masquée par les glandes génitales gonflées
de leurs produits. Celles-ci, devenant très volumineuses, peuvent arriver à
tellement comprimer l'intestin qu'elles en oblitèrent la lumière et en détruisent la symétrie (fig. 16, région *c*).

Ces cæcums latéraux peuvent presque entièrement manquer (*Carinella* ;
fig. 15), être peu marqués, arrondis (*Lineus*) ou même légèrement ramifiés à
leur sommet (fig. 3, *bldt*) ; être très nets et pointus, ce qui les fait ressembler
aux dents d'une scie (*Cephalothrix*), ou bien être très développés et si nombreux qu'ils deviennent bien plus importants que l'intestin lui-même, dont ils
ne sont pourtant que les appendices : ils le réduisent alors à un étroit couloir
central, faisant communiquer entre elles toutes les poches plates, séparées
par de minces feuillets conjonctifs (*Langia* ; fig. 16, région *b*).

Chez quelques Hoplonémertes, on observe une autre complication de
l'intestin, due souvent au développement et au reploiement en forme de crosse
des cæcums (fig. 17, *c*), mais souvent à ce qu'apparaissent des diverticules
impairs et médians (fig. 17, *m*). En outre, on peut constater chez ces mêmes
Némertes la présence de régions bien délimitées dans l'intestin, qui consti-

tuent presque une division du tube digestif en jabot (fig. 17, *j*), estomac (*e*) et intestin. Ce fait est un perfectionnement exceptionnel, conduisant aux formes que l'on trouve chez les Vers plus élevés en organisation. La figure 17 montre cette disposition, que nous avons décrite chez *Amphiporus marmoratus*, où elle est des plus accentuée.

Les cæcums sont séparés les uns des autres par des rudiments de cloisons conjonctives, musculaires, extrêmement minces, très incomplètes, qui n'arrivent jamais à déterminer des segments distincts dans la cavité générale, et encore moins à occasionner à la surface de la peau des traces de sillons métamériques. Ils ne rappellent que de très loin les septa des Annélides et sont bien plutôt des trabécules isolés. Les cæcums intestinaux sont en outre rattachés à la paroi du corps par des cordons conjonctifs et des adhérences plus ou moins étendues.

La partie moyenne de l'intestin se rétrécit insensiblement jusqu'à l'orifice terminal, à mesure que le diamètre du corps diminue. Elle aboutit à l'anus, qui tantôt est un simple orifice toujours excessivement petit, percé à la fin de l'intestin proprement dit (fig. 15, *a*), tantôt est reporté à l'extrémité d'un très grêle filament caudal (fig. 16, *a*, *m*), caractéristique des espèces du genre *Micrura*.

L'intestin est entièrement cilié à l'intérieur, et l'on y remarque une grande abondance de cellules épithéliales caliciformes, ordinairement en forme de cornets très allongés renfermant de nombreuses boules de mucus et des granulations diversement colorées.

La nourriture des Némertes est à peu près inconnue; sauf quelques débris de petites Annélides ou de menus Crustacés, dont on a constaté la présence dans l'intestin, il est très rare d'y trouver des aliments; on y a rencontré des débris d'Algues en très petite quantité. Il est assez singulier de voir que ces animaux, dont plusieurs sont de grande taille et très actifs, ont toujours l'intestin vide lorsqu'on les étudie. On n'a jamais observé la façon dont ils capturent leur proie et l'introduisent dans leur bouche. D'ailleurs, d'une façon générale, les mœurs de ces Vers sont encore presque inconnues, et l'on n'a pour ainsi dire pas de notions incontestées sur le fonctionnement de la plupart de leurs organes.

APPAREIL CIRCULATOIRE. — L'appareil vasculaire (fig. 18 à 21) présente un développement et une complication beaucoup plus considérables que chez les autres Plathelminthes, où il reste toujours rudimentaire; mais il est très loin d'offrir, dans tous les genres, un égal perfectionnement. Chez les Némertes les plus inférieures, où il est simple et présente une disposition tout à fait primordiale (Paléonémertes), il se compose seulement de deux larges troncs marginaux, parallèles aux deux grands nerfs latéraux et ressemblant plus à des lacunes qu'à de véritables vaisseaux; ils passent dans le collier nerveux et forment ensuite, dans la tête, une boucle complète. De même, en arrière, les deux vaisseaux se fusionnent en une anse au-dessus de la terminaison de l'intestin. Tel est le système circulatoire du genre *Cephalothrix*. Chez les *Carinella*, on trouve une disposition analogue (fig. 18, moitié gauche); les vaisseaux latéraux sont plus larges et contournent çà et là des îlots de tissu inclus

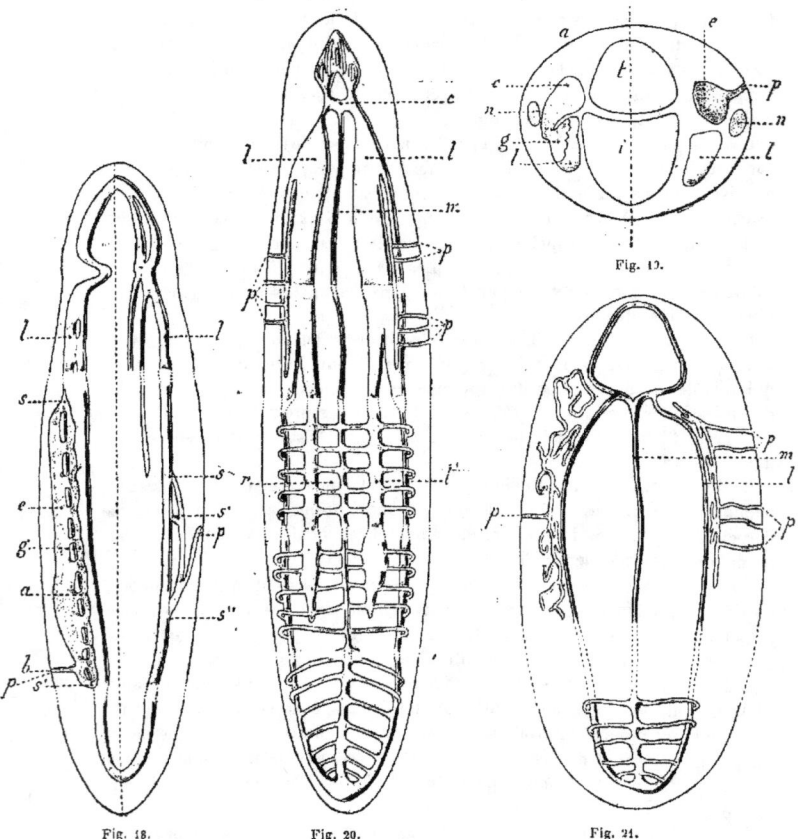

Fig. 18.   Fig. 20.   Fig. 21.

FIG. 18 à 21. — Figures schématiques des appareils circulatoire et excréteur de diverses Némertes. Des coupures ont beaucoup raccourci tous les animaux. Ces figures sont combinées d'après OUDEMANS. — *l*, vaisseaux latéraux; *m*, vaisseaux médians; *p*, pores excréteurs. — La teinte rouge désigne l'appareil circulatoire, la teinte bleue l'appareil excréteur.

FIG. 18. — La moitié gauche appartient au genre *Carinella*, la droite au genre *Carinoma*. — *a* et *b*, niveaux de la coupe représentée par la figure 19; *e*, réservoir; *g*, glande; *s,s's''*, communications entre le vaisseau et le réservoir.

FIG. 19. — Coupe transversale de *Carinella*. — *a*, moitié gauche, coupe passant en *a* de la figure 18; *b*, moitié droite, coupe passant en *b* de la figure 18; *e*, réservoir; *g*, glande; *i*, intestin; *n*, nerfs; *p*, pore excréteur; *t*, gaine de la trompe.

FIG. 20. — Appareil vasculaire de *Valenciennesia longirostris* à cinq niveaux différents. — *c*, anastomose transversale; *l'*, vaisseau longitudinal supplémentaire; *r*, réseau vasculaire.

FIG. 21. — A gauche, appareil excréteur de *Drepanophorus*; à droite, appareil excréteur d'*Amphiporus*.

dans leur parcours. Chez les *Carinoma* (fig. 18, moitié droite), on trouve en outre deux vaisseaux parallèles et une division longitudinale de la lacune céphalique.

Jusqu'ici les deux troncs latéraux sont réunis seulement par leurs deux abouchements antérieur et postérieur; maintenant, et c'est le cas le plus fréquent, une troisième communication transversale s'établit entre eux au niveau des ganglions nerveux (fig. 20, c; fig. 21), de façon à former en arrière la boucle céphalique : du milieu de la commissure ainsi formée part un vaisseau médian (fig. 20 et 21, m), qui descend jusqu'au bout du corps et va rejoindre la communication transversale postérieure. On a donc ainsi trois vaisseaux parallèles longitudinaux, qui peuvent se compliquer de troncs accessoires plus ou moins nombreux (fig. 20, l').

Chez les Paléonémertes, le système vasculaire est en général presque exclusivement lacunaire; chez les Schizonémertes, la partie antérieure seulement de cet appareil est formée de lacunes et la postérieure de vaisseaux; chez les Hoplonémertes, au contraire, la totalité de l'appareil est formée de vaisseaux véritables, sans interposition de lacunes. Chez les Némertes inférieures, les vaisseaux sont larges, sensiblement rectilignes; chez les plus élevées, ils sont beaucoup plus étroits et ont un parcours flexueux, régulièrement ondulé.

Chez la plupart des Némertes supérieures, les trois vaisseaux longitudinaux sont réunis les uns aux autres, sur une plus ou moins grande étendue du corps, mais principalement en arrière, par des anastomoses vasculaires qui recouvrent l'intestin et forment, surtout lorsqu'il y a des vaisseaux longitudinaux supplémentaires, un véritable réseau capillaire au-dessus de cet organe (fig. 20, partie moyenne, l', r). Les vaisseaux anastomotiques affectent une disposition métamérique fort régulière; ils sont distribués de telle sorte que chaque vaisseau transversal corresponde à une paire de cæcums intestinaux; l'intervalle compris entre deux cæcums, et par conséquent entre deux vaisseaux, est occupé par les poches génitales.

Le vaisseau médian, dans la région antérieure du corps, peut être placé soit entre la gaine de la trompe et l'intestin, soit dans la paroi musculaire même de cette gaine; il peut enfin faire saillie dans la cavité de cet organe.

La boucle vasculaire antérieure ne donne pas de ramifications externes, sauf chez *Malacobdella*; dans ce même genre, qui possède une ventouse postérieure et qui est si singulièrement modifié par le parasitisme, on voit des vaisseaux partir de la branche terminale postérieure pour aller se ramifier dans la ventouse.

Les vaisseaux et les lacunes vasculaires sont revêtus intérieurement d'un épithélium recouvert d'une membrane basale externe, contre laquelle sont appliquées soit de grosses cellules protoplasmiques, soit des fibres musculaires circulaires, soit plus rarement des fibres musculaires longitudinales. Les cellules du parenchyme se groupent aussi en amas un peu plus denses autour des vaisseaux.

Toutes ces dispositions vasculaires ont été élucidées principalement par Mac Intosh et plus récemment par Oudemans.

Sang. — Le sang est formé d'un plasma incolore qui contient des globules peu nombreux, rougeâtres ou verts (de Quatrefages); Hubrecht croit que c'est de l'hémoglobine qui colore les premiers en rouge. Leur forme est assez variable; tantôt ils sont à contour irrégulier et présentent alors l'aspect des globules blancs des animaux supérieurs; tantôt ils sont discoïdes, ovales ou pointus à leurs deux extrémités. Ces globules peuvent s'agglutiner en amas de grosseur variable. Le sang circule grâce à la contractilité des vaisseaux, car il n'y a aucun organe central de propulsion; il suit une direction déterminée : vers la tête dans le vaisseau médian, vers la région caudale dans les vaisseaux latéraux. Le sens contraire est indiqué par VOGT et YUNG pour le *Tetrastemma flavidum*. Quand on observe à l'état vivant certaines espèces transparentes, on voit les ondes contractiles progresser lentement sur les vaisseaux, à intervalles réguliers.

RESPIRATION. — La fonction respiratoire ne paraît s'exercer que par le tégument, dont la ciliation complète détermine d'actifs courants d'eau tout autour de l'animal. On a cependant cru devoir attribuer aux poches latérales, dépendant du système nerveux central, le pouvoir de procéder à l'oxygénation du sang, surtout de celui destiné à la nutrition du cerveau; on se basait sur ce que ces organes sont souvent entourés d'une tache rouge qui serait de l'hémoglobine, et sur ce qu'ils sont en relations étroites avec les lacunes ou vaisseaux péri-cérébraux. Mais on peut faire remarquer d'abord que ces poches latérales manquent chez certaines Némertes, qui alors ne respireraient pas, bien que pourvues de vaisseaux, et, d'autre part, que ces organes sont si petits par rapport à la dimension du corps de l'animal que leur fonctionnement au point de vue respiratoire ne serait d'aucune utilité. Peut-être faut-il attribuer à la paroi plissée de l'œsophage une fonction respiratoire, en considérant que l'eau peut entrer facilement dans la bouche, et que le parenchyme péri-œsophagien est infiltré d'hémoglobine. Même en admettant la réalité de cette opinion, on peut, comme pour les organes latéraux, faire observer que la petite dimension de l'œsophage ne permettrait qu'une fonction absolument insuffisante pour produire une respiration efficace dans tout le corps. La fonction respiratoire doit donc être attribuée à la peau seulement, qui, molle et ciliée, permet les échanges gazeux.

APPAREIL EXCRÉTEUR. — En découvrant récemment des flammes vibratiles à l'extrémité des ramifications de l'appareil excréteur, BÜRGER a jeté un jour tout nouveau sur les relations des Némertes avec les Plathelminthes; elles se trouvent dès maintenant rattachées à ces derniers, en même temps qu'elles s'écartent des Annélides. La description macroscopique de l'appareil excréteur est surtout due à OUDEMANS; d'après les travaux de cet auteur et d'après ceux de BÜRGER, il faut distinguer plusieurs formes fondamentales.

Chez les Némertes inférieures (Paléonémertes), on trouve dans le genre *Carinella* (fig. 18, côté gauche; fig. 19), vers la région moyenne du corps, un gros tronc (*e*) constituant un réservoir parallèle au vaisseau longitudinal (*l*); il débouche au dehors par un petit conduit, placé toujours au-dessus du nerf latéral, et qui vient aboutir à un pore excréteur (*p*). A l'intérieur du vaisseau, sur le côté externe, fait saillie une longue bandelette de tissu glandulaire (*g*), qui communique par un certain nombre de canaux transverses avec le réservoir. Ce dernier débouche largement dans le vaisseau par ses deux extrémités (*ss'*). Le produit de la glande tombe donc dans le réservoir, où il se mêle au sang qui peut y pénétrer par ses deux extrémités, et le mélange peut être rejeté au dehors par le pore excréteur. Cet appareil est pair et symétrique, comme d'ailleurs tous les organes excréteurs des Némertes. Dans le genre *Carinoma* (fig. 18, moitié droite), l'appareil excréteur, encore ouvert au dehors par un petit canal passant au-dessus du tronc nerveux, se compose d'un tube homologue du réservoir de *Carinella*, communiquant par trois orifices avec le vaisseau; mais ici toute la partie glandulaire en est nettement séparée. Bürger y a trouvé des flammes vibratiles, mais en petit nombre.

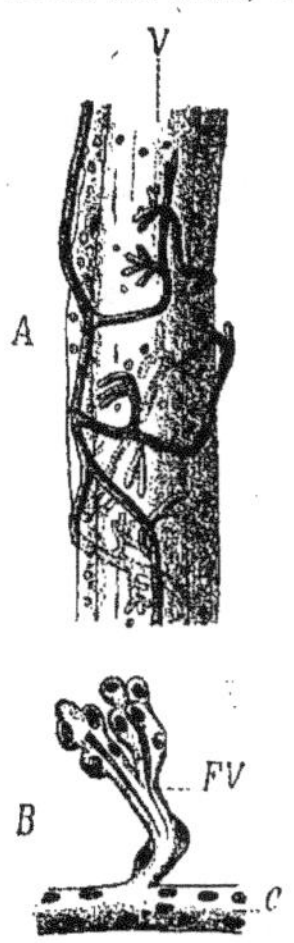

Chez les autres Némertiens, l'appareil excréteur consiste soit en un tube accolé aux vaisseaux longitudinaux et s'ouvrant au dehors par un nombre plus ou moins grand de canalicules et de pores excréteurs (fig. 20 et 21, moitié droite), soit en une arborescence de canalicules ramifiés (fig. 21, moitié gauche) pouvant se souder de façon à constituer un réseau. Ces dernières branches, qui sont placées tout contre les vaisseaux sanguins (fig. 22, A) ou bien qui sont disséminées dans le parenchyme général du corps, principalement dans la région dorsale, sont terminées par de petites massues (fig. 22, B) qui renferment une grande flamme vibratile (FV), oscillante, présentant la plus grande analogie avec les néphridies des Turbellariés. Bürger a décrit ces organes chez un bon nombre d'espèces; il a reconnu en outre que l'intérieur des canaux excréteurs était tapissé d'un fin revêtement de cils vibratiles.

Chez toutes ces Némertes, il n'y a aucune communication entre l'appareil vasculaire et l'appareil excréteur, et l'on n'observe non plus aucune trace évidente de métamérisation dans les organes de l'excrétion.

Il faut remarquer que le genre *Prosadenoporus* Bürger est dépourvu d'appareil excréteur.

Fig. 22. — Organes excréteurs terminaux de *Depranophorus*. — d'après O. Bürger. — A, fragment de vaisseau montrant les ramifications de l'appareil excréteur; B, une des terminaisons vibratiles grossie fortement; C, canal excréteur; FV, flammes vibratiles; V, vaisseau.

Quant à la nature du liquide excrété par cet appareil, on est réduit à de simples suppositions, aucun fait probant n'ayant été constaté.

Système nerveux. — Le système nerveux des Némertes consiste essentiellement en deux cordons longitudinaux (fig. 23, *l*; fig. 24, *sst*), latéralement symétriques, renflés en massue à leur terminaison (fig. 23, *gi*; fig. 25, *vg*) dans la région céphalique, où ils se réunissent en avant par une épaisse commissure (fig. 23, *ci*; fig. 3, 4, 24 et 25, *vc*). Ces deux ganglions inférieurs sont surmontés chacun d'un ganglion supérieur dorsal (fig. 23, *gs*; fig. 4, 24 et 25, *dg*), qui communique également avec son congénère par une seconde commissure grêle (fig. 23, *cs*; fig. 3, 4, 24 et 25, *dc*). Ces derniers ganglions peuvent devenir plus gros que la paire inférieure.

Les deux commissures ainsi formées en avant du cerveau laissent entre elles un orifice dans lequel passe le *rhynchodœum* (r). C'est là un des caractères fondamentaux les plus typiques des Némertes; au lieu d'être traversé par le tube digestif, le collier nerveux sert au passage de la trompe. Il n'est pas

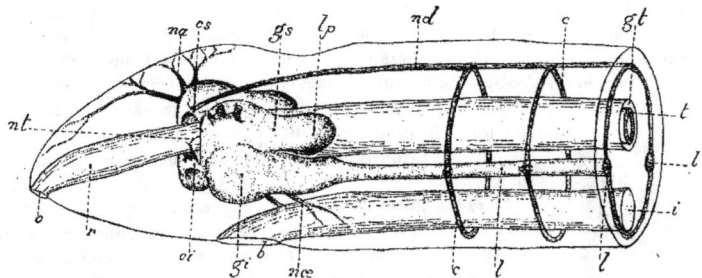

FIG. 23. — Vue latérale schématique du système nerveux des Némertes. — *b*, bouche; *c*, commissures annulaires; *ci*, commissure inférieure; *os*, commissure supérieure; *gi*, ganglion cérébroïde inférieur; *gs*, ganglion cérébroïde supérieur; *gt*, gaine de la trompe; *i*, intestin; *l*, troncs nerveux latéraux; *lp*, lobe postérieur du cerveau; *na*, nerfs antérieurs; *nd*, nerf dorsal; *nœ*, nerf œsophagien; *nt*, nerf de la trompe; *o*, orifice du rhynchodœum; *r*, rhynchodœum; *t*, trompe.

sans intérêt de remarquer combien doit être grande l'élasticité des fibres nerveuses composant le collier commissural, puisqu'il laisse, sans se déchirer,

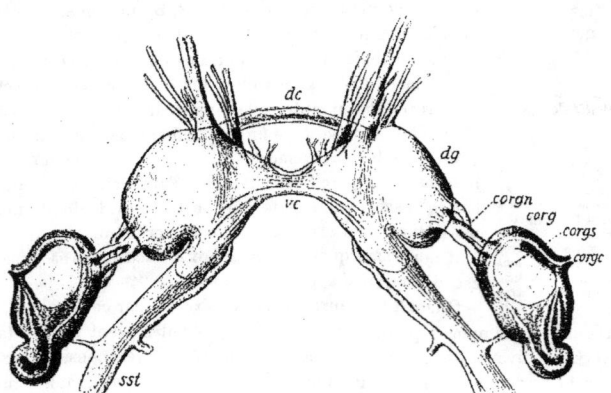

FIG. 24. — Cerveau et organes latéraux de *Drepanophorus spectabilis*, d'après BÜRGER. — Gross. 80. — *corg*, organe cérébral (latéral); *corgc*, canal latéral; *corgn*, nerfs de l'organe cérébral; *corgs*, sac de l'organe latéral; *dc*, commissure cérébrale dorsale; *dg*, ganglion dorsal; *sst*, nerf latéral; *vc*, commissure cérébrale ventrale.

passer la trompe, dont la paroi, pendant la dévagination, est doublée d'épaisseur, ainsi que l'appareil stylifère qui est dur, saillant extérieurement, et turgescent au moment d'être projeté au dehors.

Le tube digestif antérieur se trouve, chez les espèces qui ont la bouche en

avant du cerveau, surmonté par le collier ; mais chez celles qui ont la bouche
en arrière du cerveau, aucune partie du collier n'est en contact avec le tube
digestif.

Les deux troncs latéraux (fig. 23, *l* ; fig. 24, *sst*) ont, dans toute leur longueur, la valeur de centres nerveux, étant composés de cellules nerveuses
périphériques et de fibres centrales. Chez beaucoup de Némertes, ils se réunissent en arrière par une anse sous-anale (fig. 8). Leur ensemble est comparable
à une moelle épinière, divisée longitudinalement en deux moitiés symétriques
et dont le cerveau n'est que le renflement antérieur.

Le cerveau est formé, de la même façon, par une épaisse couche de cellules
ganglionnaires superficielles, recouvrant une région axiale (fig. 25) formée de

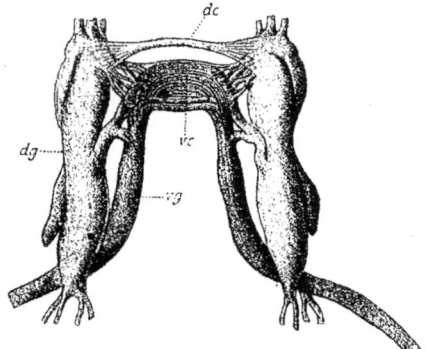

Fig. 25. — Substance centrale fibrillaire du cerveau de *Micrura fasciolata*, d'après Bürger. — Gross. 80. —
dc, commissure cérébrale dorsale ; *dg*, ganglion dorsal ; *vc*, commissure cérébrale ventrale ; *vg*, ganglion ventral.

fibres nerveuses. Ces deux parties ont entre elles, d'une façon générale, à peu
près les mêmes rapports que la substance blanche et la substance grise chez
les Vertébrés. Des relations fort compliquées, étudiées par Bürger, existent
entre les cellules cérébrales et les cellules médullaires dont les prolonge-
ments, formant des faisceaux bien distincts, pénètrent jusque dans le cerveau,
en suivant toute la longueur du corps.

La commissure ventrale (fig. 24 et 25, *vc*) du cerveau n'est que le pont de
communication des fibres nerveuses provenant des deux moitiés de cette sorte
de moelle constituée par les nerfs latéraux (*vg*) ; de même, la commissure dorsale (*dc*) est constituée par l'anastomose des fibres nerveuses provenant des
deux moitiés des ganglions cérébroïdes.

Du cerveau partent, antérieurement, des nerfs qui se rendent à la tête, aux
yeux et à l'organe frontal (fig. 23, *na*) ; ils donnent à toute cette région du
corps une grande sensibilité tactile. De la commissure inférieure (*ci*) partent
deux nerfs pour la trompe (*nt*), qui peuvent, selon les cas, se transformer en
plexus, et n'occupent pas toujours par rapport aux couches musculaires la

même position; de chacun des ganglions inférieurs part un nerf important (*næ*), qui se distribue dans la portion antérieure de l'intestin (*i*), et présente la particularité d'être recouvert de cellules nerveuses comme les troncs latéraux (BÜRGER). Enfin, de la commissure supérieure part un nerf impair médio-dorsal (*nd*), qui descend plus ou moins loin en arrière, et sur lequel nous reviendrons.

Les troncs nerveux latéraux (fig. 6 et 7, *nl*) n'occupent pas toujours la même situation par rapport aux parois du corps. Chez les Paléonémertes, ils sont situés très près de la surface cutanée, en dehors de la couche de muscles circulaires, soit dans l'épaisseur de la membrane basale (*mb*), soit même directement dans l'épiderme. Ce dernier caractère est tout à fait primordial, et nous le retrouverons à propos de l'embryogénie. Chez les Schizonémertes, en y comprenant les genres *Eupolia* et *Valenciennesia*, les nerfs latéraux (fig. 7, B, *nl*) se sont enfoncés sous la première couche de fibres longitudinales en contact avec la couche circulaire. Chez les Hoplonémertes, les troncs latéraux sont descendus encore plus profondément dans le corps; ils ont dépassé la couche de fibres longitudinales et pénétré dans le parenchyme (fig. 7, C, *nl*). Ces positions différentes des troncs nerveux relativement aux téguments ont servi de critérium à BÜRGER pour établir une nouvelle répartition des genres et pour créer une quatrième division des Némertes, les *Mesonemertini*, chez lesquelles les nerfs latéraux sont situés dans l'épaisseur des fibres de la couche circulaire.

Le système nerveux central est complété par un système nerveux périphérique, composé de nerfs et de plexus nerveux, en relation immédiate avec les troncs latéraux. Chez les Paléonémertes, on trouve un réseau continu, épidermique ou sous-épidermique, en rapport avec les cellules corticales des cordons latéraux. Ce réseau, qui constitue une couche nerveuse, se retrouve aussi chez les Schizonémertes, où il se met en contact avec le nerf médio-dorsal (fig. 25, *nd*); chez ces dernières, on peut distinguer des portions du réseau plus denses qui constituent de véritables anneaux nerveux autour du corps, rattachant les deux troncs latéraux au nerf dorsal. Chez les Hoplonémertes, ce progrès s'accentue encore, car on ne trouve plus de réseau, mais seulement des anneaux nerveux (fig. 25, *c*) distribués d'une façon régulière, d'apparence métamérique. On a décrit chez les *Malacobdella* des ganglions distincts disposés sur les nerfs latéraux, mais il paraît certain que ce fait n'est pas exact.

ORGANES DES SENS. — Les plus importants de ces organes sont ceux que l'on connaît sous le nom d'*organes latéraux*; non seulement ils sont caractéristiques des Némertes, mais encore ils prennent souvent un si grand développement qu'ils déterminent dans le cerveau des modifications importantes.

Sur les côtés de la tête des Schizonémertes, on aperçoit deux longues fentes (d'où leur nom), qui partent de l'orifice de la trompe pour descendre jusqu'au niveau du cou, en devenant de plus en plus profondes. Leurs bords constituent des lèvres (fig. 2) souvent mobiles, qui peuvent même se rabattre ar-dessus le sillon. Au fond de celui-ci, vers le bas, se trouve un petit

orifice qui conduit dans un canal aboutissant à la région postérieure du lobe
supérieur du cerveau, de chaque côté. Chez les autres Némertes, les sillons
n'affectent pas la disposition précédente; ils
consistent en une ligne ondulée faisant le
tour du cou et aboutissant de chaque côté à
l'orifice latéral (*Drepanophorus, Eupolia,
Poliopsis*); ou bien ce sont de légers sillons
en forme de M ou de V, symétriques, qui
se trouvent sur le dessus ou le dessous de la
tête, mais viennent toujours aboutir aux deux
petits trous percés sur les côtés du cou.
Enfin, chez les Paléonémertes, les sillons
sont rudimentaires et consistent seulement
en une petite invagination correspondant
à l'orifice latéral des autres groupes. Ces
sillons sont garnis d'un épithélium cilié,
différent de celui de la peau avoisinante.

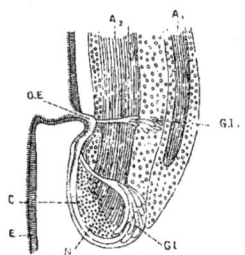

Fig. 26. — Coupe demi-schématique de l'organe latéral d'une Némerte inerme (*Cerebratulus rubens*), d'après Bürger. — A₁, A₂, parties supérieure et inférieure du ganglion cérébroïde; C, canal de l'organe latéral; E, épithélium cutané; Gl, glandes; N, cellules nerveuses; OE, orifice externe.

L'organe latéral, chez une Schizonémerte, un *Cerebratulus* par exemple, consiste
en une masse nerveuse arrondie, formant
le lobe postérieur du ganglion dorsal du
cerveau (fig. 3 et 4, *corg*), dont il fait partie
intégrante. Le canal partant du fond du sillon latéral s'y enfonce en contournant son
bord externe (fig. 26, C) et vient se terminer
en arrière de l'organe, en cul-de-sac. Tout
autour du canal sont disposées des cellules
de formes diverses (fig. 28), qui reçoivent
directement les fibres nerveuses, à parcours
flexueux, provenant du cerveau et portant
de grands cils vibratiles. Autour des cellules
ganglionnaires on remarque des cellules
glandulaires (fig. 26, Gl), généralement
pigmentées, qui déversent leurs produits
dans de petits canaux aboutissant près de
l'orifice (fig. 26, OE) de l'organe latéral.

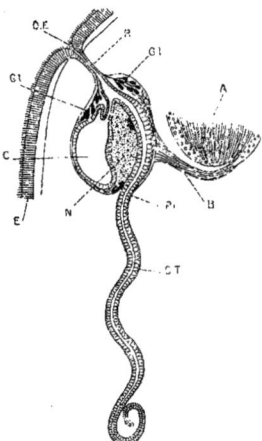

Fig. 27. — Organe latéral d'une Némerte armée (*Drepanophorus cerinus*), d'après O. Bürger. — A, ganglion cérébroïde; B, connectif; C, cavité ciliée; E, épithélium cutané; Gl, glandes; GT, glande tubulaire; N, cellules nerveuses; OE, orifice externe; Pi, amas pigmentaire; R, canal commun.

Chez les Hoplonémertes, l'organe latéral
(fig. 3 et 24, *corg*) est distinct du lobe cérébral (*dg*), auquel il est relié par un ou deux
cordons nerveux (fig. 27, B). Le canal qui y
pénètre s'élargit en une sorte de chambre
entourée de tissu nerveux et glandulaire (C).
Les glandes (Gl) y sont très développées et se prolongent même sous forme
d'un appendice (GT) qui pend hors du ganglion. Chez les *Drepanophorus*,
l'organe latéral très développé (fig. 24, *corg*) est relié au cerveau (*dg*) par un

triple cordon (*corgn*), et au tronc latéral par une petite anastomose inférieure.

Les Paléonémertes ont des organes latéraux beaucoup plus rudimentaires. Chez les *Carinella*, ils consistent en une simple invagination du tégument, où l'on remarque des cellules glandulaires et dont le fond vient se mettre en contact avec le ganglion cérébral. Chez les *Cephalothrix*, on n'a pas trouvé jusqu'à présent d'organe analogue.

Si la structure des organes latéraux est maintenant bien élucidée, surtout depuis les beaux travaux de BÜRGER, en revanche on ignore totalement le rôle

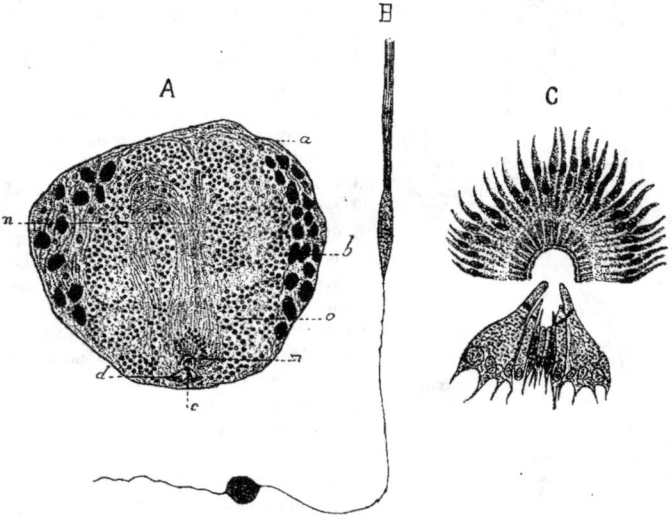

FIG. 28. — Organe latéral d'une Schizonémerte (*Cerebratulus pullus*), d'après BÜRGER. — A, coupe transversale à travers le lobe spécial du cerveau ; *a*, enveloppe très mince du cerveau ; *b*, cellules glandulaires ; *c*, canal ; *d*, cellules latérales ; *m*, cellules médianes auxquelles aboutissent les fibres nerveuses *n*, qui partent des cellules ganglionnaires *o* en faisant une anse. — B, une des cellules supérieures en éventail de la figure C. — C, détails de la coupe du canal *c* de la figure A.

physiologique que ces petits appareils sont appelés à jouer. Il est bien évident que, se terminant directement dans le cerveau, aussi richement innervés qu'on les observe, environnés d'une quantité de cellules ganglionnaires et tapissés de cellules épithéliales ayant au plus haut point l'apparence de terminaisons sensitives, ces organes ne peuvent qu'être destinés à fournir à la Némerte des sensations nettement spécialisées. Ces caractères anatomiques éliminent l'ancienne opinion qui leur attribuait la charge de faire respirer le cerveau ; ils détruisent aussi l'interprétation de VOGT et YUNG, qui ont voulu les assimiler aux organes segmentaires des Annélides. D'ailleurs cette opinion est basée sur une triple erreur anatomique : ces auteurs prennent le ganglion spécial, si évidemment nerveux, pour un réservoir sanguin, la longue glande qui en part pour un vaisseau, et ils croient, en outre, que la boucle vasculaire céphalique y pénètre, ce qui n'est pas.

Mais dans l'état actuel de nos connaissances, si l'on peut dire ce que n'est pas l'organe latéral, il est impossible de dire ce qu'il est; on ignore s'il est en rapport avec le goût, l'odorat ou même l'audition, ou bien avec un autre sens, spécial aux Némertes, et dont nous ne pouvons soupçonner la nature.

La sensibilité générale est très développée, par suite de la grande richesse du réseau nerveux cutané dépendant des deux grands cordons latéraux.

Les organes du tact sont répandus dans toute la peau, mais principalement sur la tête, sous forme de terminaisons nerveuses épithéliales. Certains cils raides dépassent le niveau du revêtement vibratile cutané, et sont en rapport avec des filets nerveux qui en font des terminaisons tactiles. Ceux-ci sont surtout abondants et développés à la pointe extrême de la tête, et c'est en tâtant avec cette région du corps que les Némertes se rendent compte de la nature des objets environnants; on les voit agiter leur tête en tous sens, lorsqu'elles marchent ou lorsqu'elles nagent, promenant ainsi devant elles la touffe de grands cils qui la surmonte.

Bürger désigne sous le nom d'*organe frontal* une papille saillante, située vers l'extrémité antérieure de la tête; elle est rétractile, pourvue de cellules à terminaisons nerveuses, et se trouve placée au point où les glandes céphaliques débouchent au dehors. La famille des *Lineidæ* présente trois organes frontaux au lieu d'un seul.

La fonction visuelle est attribuée à de petites capsules ovoïdes fortement pigmentées en noir, enfouies dans la profondeur des téguments céphaliques et se réduisant chez certaines espèces à de petits amas de pigment sans forme définie. On en trouve chez beaucoup de Némertes, mais il en est d'autres qui en sont complètement dépourvues. Chez diverses espèces, il y en a un grand nombre de fort petits; chez d'autres au contraire, ils sont plus rares, plus gros et plus parfaits. On peut enfin en trouver de diverses tailles sur le même animal. Chez certaines espèces inférieures (*Cephalothrix*), on observe à la pointe de la tête des taches de pigment rouge, foncées au centre, s'éclaircissant insensiblement vers les bords : ces yeux, dépourvus de tout milieu réfringent, ne peuvent fournir aucune image lumineuse précise; tout au plus peuvent-ils donner à l'animal la notion de la clarté ou de l'obscurité; peut-être même ont-ils une autre fonction.

Les yeux proprement dits, chez les espèces où ils sont gros et bien développés, sont formés d'une capsule ovoïde ou ellipsoïdale, dont une moitié est transparente et joue le rôle de cornée, tandis que l'autre est recouverte de pigment brun foncé (fig. 29). Sous cet enduit, semblable à une épaisse couche de vernis noir, on aperçoit un rang de cellules transparentes auxquelles aboutissent des filaments nerveux grêles, terminaisons du nerf optique. Ces filets suivent dans l'intérieur de l'œil un parcours assez compliqué; ils y entrent soit par l'extrémité du grand axe, soit par un point quelconque de la région de contact du pigment et de la cornée; puis, après avoir marché tout d'abord parallèlement jusqu'à l'extrémité opposée, ils rebroussent chemin et se distribuent dans les cellules appliquées contre le pigment noir et qui jouent vraisemblablement le rôle de rétine. Il est remarquable que l'hémisphère noir de cet œil est tourné vers le dehors, ce qui ne permet d'y pénétrer qu'aux rayons lumineux ayant traversé toute l'épaisseur des téguments. L'animal ne peut donc distinguer qu'une clarté diffuse, apprécier peut-être des différences d'intensité lumineuse, mais il ne peut voir aucune image nette. Il ne paraît pas invraisemblable, dans ces conditions, d'attribuer à ces yeux si particuliers une fonction de perception des rayons calorifiques à travers la calotte externe noire, comme cela a été déjà proposé pour des organes analogues dans d'autres groupes d'Invertébrés.

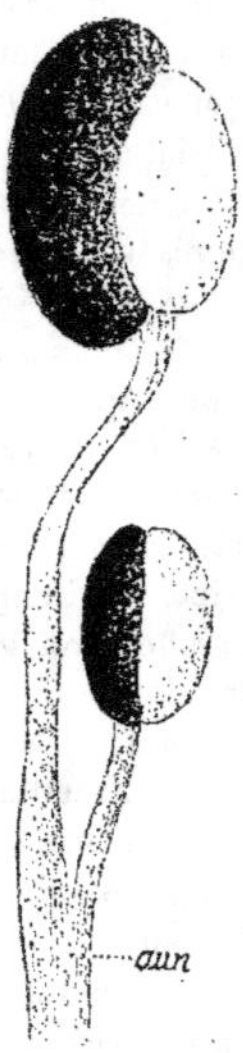

La présence d'otocystes, renfermant d'un à trois otolithes, a été constatée chez un très petit nombre de Némertes (*Typhlonemertes* DU PLESSIS; fig. 50, *ot*). Ils sont toujours placés contre le cerveau; mais il n'est pas certain qu'ils soient ciliés à leur face interne.

APPAREIL REPRODUCTEUR. — A de très rares exceptions près (*Tetrastemma hermaphroditicum*, *Prosadenoporus*), les sexes sont séparés. La grande majorité des espèces est ovipare; quelques-unes cependant sont vivipares, et parmi elles on peut citer les genres *Prosorochmus* KEFERSTEIN et *Monopora* SALENSKY. Les glandes génitales sont excessivement simples, différant beaucoup sur ce point de celles des Turbellariés qui sont remarquables par leur extrême complexité. Elles consistent en de simples poches (fig. 3, *gs*), dont les parois ne sont formées, dans les Némertes à intestin lisse (*Carinella*), que du tissu gélatineux ambiant refoulé. Chez celles où l'intestin est métamérisé, elles ont une paroi propre, de nature conjonctive; elles sont entièrement closes et ne s'ouvrent au dehors qu'au moment de la maturité, par rupture du tégument. Une fois vidée, la poche disparaît rapidement, ainsi que son canal temporaire.

Ces poches alternent sensiblement avec les culs-de-sac intestinaux, sinon avec tous, au moins de distance en distance; elles ont par conséquent une

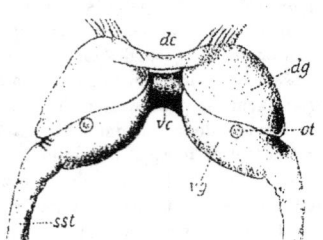

FIG. 29. — Deux yeux de *Drepanophorus spectabilis* d'après BÜRGER. — Gross. 200. — *aun*, nerf optique.

FIG. 30. — Cerveau d'*Ototyphlonemertes Macintoshi*, d'après BÜRGER. — Gross. 80. — *dc*, commissure cérébrale dorsale; *dg*, ganglion dorsal; *ot*, otocystes; *ssl*, nerf latéral; *vc*, commissure cérébrale ventrale; *vg*, ganglion ventral.

apparence métamérique, tant qu'elles ne sont pas assez gonflées pour comprimer l'intestin au point de masquer toute symétrie, ce qui arrive souvent à l'époque de la maturité (fig. 16). Il peut d'ailleurs se trouver quelquefois plusieurs poches génitales dans le même pseudo-métamère. Il n'y a aucune différence entre les poches génitales des mâles et celles des femelles.

Les œufs sont tantôt isolés, tantôt englués dans la mucosité sécrétée par l'épithélium cutané au voisinage des orifices, ou par la matière mucilagineuse contenue dans l'intérieur des poches. Dans ce cas, les œufs forment de véritables pontes, que l'animal fixe contre des corps étrangers ou sur les filaments branchiaux des Ascidies où il vit en commensal.

Il n'y a aucun organe d'accouplement; la fécondation se fait soit dans l'eau ambiante, soit par pénétration des spermatozoïdes par l'orifice des poches chez les vivipares.

Développement. — L'embryogénie des Némertes est un processus fort compliqué, dont beaucoup de détails, et non des moins importants, restent encore à préciser. Toutefois les récents travaux de Hubrecht et de Bürger, ainsi que les vues théoriques émises par Roule, permettent d'établir un schème suffisamment approché de cette évolution. C'est principalement d'après les recherches de ces auteurs et de quelques autres moins récents, tels que Mac Intosh et J. Barrois, que l'on peut esquisser l'évolution des Némertiens.

On a observé chez diverses Némertes la reproduction asexuée par régénération des parties coupées. Si, par exemple, on sépare un animal en deux, on peut voir une des moitiés reconstituer une tête, l'autre une queue. Le genre *Lineus* est remarquable sous ce rapport.

Le développement sexué a lieu suivant trois modes, qui paraissent au premier abord différer extrêmement les uns des autres, mais qu'on peut cependant, sans trop de difficultés, tenter de rapprocher.

Le plus typique est le développement par l'intermédiaire du *Pilidium*, forme larvaire pélagique transitoire, à l'intérieur de laquelle se constitue la Némerte définitive. Une autre forme larvaire analogue, mais plus simple, est connue sous le nom de *larve de Desor*. Ce qui caractérise ces deux types larvaires, c'est la formation d'un véritable *amnios*, qui isole la jeune Némerte de ses enveloppes larvaires. Ces deux formes sont spéciales aux Schizonémertes. Enfin le troisième mode de développement est direct, sans intercalation de forme larvaire transitoire.

Évolution par le Pilidium (fig. 31 à 44). — La segmentation égale et régulière donne naissance à une blastula (fig. 31, A) dont les cellules de l'hémisphère inférieur, qui constitueront l'endoderme, ne tardent pas à dépasser en épaisseur celles de l'hémisphère supérieur, qui deviendront l'ectoderme. Bientôt l'ensemble de la larve se recouvre de cils vibratiles courts, dont quelques-uns, placés sur le milieu du pôle supérieur, sont plus grands et peuvent tantôt se souder entre eux en une mèche unique (fig. 31, B et C), tantôt rester isolés (fig. 32). La larve sort de l'œuf en cet état et, par les battements de ses cils vibratiles, se met à nager. Les cellules (peut-être seulement celles de l'endoderme) produisent, par bourgeonnement dans l'intérieur de la cavité générale embryonnaire, des cellules libres qui constituent les initiales du mésoderme. Elles ne tardent pas à sécréter une matière gélatineuse, qui remplit la cavité de segmentation et qui dès lors est identique au parenchyme du cœlome de l'adulte.

Puis l'hémisphère inférieur se déprime de façon à constituer une gastrula à bouche ronde, par invagination de la moitié inférieure de la larve, à grandes cellules, dans la supérieure, à petites cellules (fig. 51, B). La paroi invaginée devient dès maintenant l'intestin pri-mitif, en cul-de-sac et cilié, non seu-lement de la larve, mais aussi de la Némerte adulte.

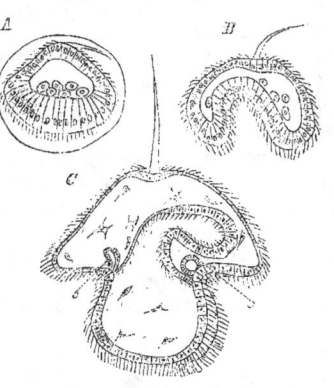

Fig. 31. — Premiers stades de la formation du *Pilidium*. — A, stade blastula ; B, stade gastrula ; C, jeune *Pilidium*.

La symétrie de la larve est alors radiaire; mais cette période est exces-sivement courte. Il est important cependant de la signaler, car on verra, à propos des relations des Némertes avec les groupes voisins, qu'on a cherché à prouver qu'elles descendent originairement des Cœlen-térés. Bientôt la bouche devient ovale, et son allongement coïncidant avec l'apparition à droite et à gauche de cet orifice de deux grandes lèvres plates, pendantes et symétriques, éta-blit nettement dans la larve la symé-trie bilatérale. Ces deux appendices en forme de jugulaire, avec la pointe qui surmonte la larve, lui donnent l'aspect d'un casque; d'où le nom de *Pilidium* (fig. 51, C; fig. 32). Il est à remarquer que les cellules ectodermiques, qui constituent le sommet du casque et sur lesquelles sont implantés les grands cils de la houppe supérieure, sont plus hautes que les autres; d'après certains auteurs, on voit aboutir à leur face inférieure des fibres muscu-laires et peut-être même des éléments nerveux. Cette plaque polaire ne se transforme en aucun cas en système nerveux de la Némerte (fig. 54). C'est à partir de ce stade que la Némerte va commencer à se former à l'inté-rieur du *Pilidium* : celui-ci ne sert plus dès lors qu'à abriter et à véhiculer la jeune Némerte qui se constitue à ses dépens et sous sa protection.

Pour se rendre compte de ce qui se passe, il faut considérer dans la larve la partie supérieure en forme de cloche ou d'ombrelle (par analogie avec les Méduses) dont la surface inférieure, ou sous-ombrelle, est percée au centre d'une bouche, flanquée latéralement d'une paire d'appendices plats. Autour de la bouche, vers les bords de la sous-ombrelle, on voit se former cinq petites invaginations de l'ectoderme larvaire, qui bientôt pointent sous forme de vésicules dans le mésoderme gélatineux entourant l'intestin primitif. Une de ces vésicules, la plus petite, est impaire, médiane, située en avant de la bouche (fig. 58, v'). Les autres sont paires; on en remarque une première paire en avant (fig. 58 à 44, v^1), puis une seconde en arrière (fig. 58 à 44, v^2). Ces cinq vésicules sont tout d'abord en relation avec l'extérieur par le petit

orifice d'invagination; mais celui-ci ne tarde pas à s'oblitérer : les cinq vésicules sont dès lors isolées, mais ne restent pas à l'état de sphères régulières.
Chacune d'elles présente une paroi mince, à cellules plates, dirigée vers
l'ectoderme larvaire, et une autre paroi beaucoup plus épaisse, dirigée vers
l'intestin larvaire (fig. 38 à 44, *en*). Ces cinq vésicules grandissent rapidement et montent le long de l'intestin larvaire, qu'elles ne tardent pas à
entourer complètement; elles se mettent en contact les unes avec les autres,

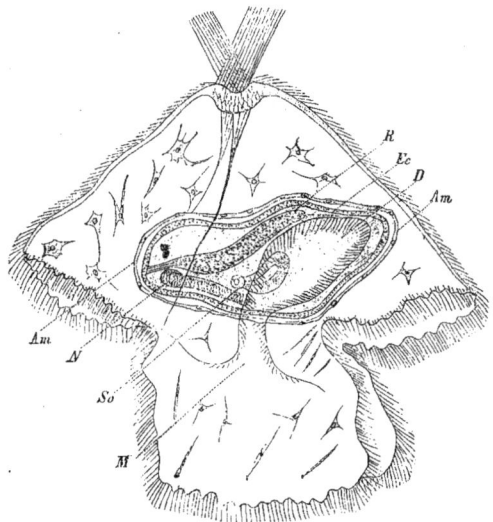

Fig. 32. — *Pilidium gyrans*, d'après Korschelt et Heider. — *Am*,, amnios; *D*, intestin du Pilidium; *Ec*,
ectoderme de la Némerte; *M*, bouche du Pilidium; *N*, système nerveux; *R*, trompe; *So*, organe latéral.

et bientôt elles ne sont plus séparées que par de minces brides du mésoderme larvaire (fig. 39, 40, 41).

Les schèmes représentés par les figures 33 à 44 montrent la structure très
simple, à cette époque, de la larve *Pilidium*, et les relations des trois feuillets
primitifs qui seuls la constituent. La figure 33 est une coupe verticale du
Pilidium passant par le plan de symétrie; la figure 34 est une coupe verticale,
perpendiculaire au plan de symétrie; enfin la figure 35 est une coupe horizon-
tale du Pilidium passant un peu au-dessus de la bouche. Ces trois coupes
sont donc orientées selon les trois directions de l'espace; il en est de même
des séries, de trois figures chacune, qui représentent les coupes des stades
ultérieurs.

Finalement les brides elles-mêmes disparaissent et la fusion des cinq
grandes vésicules est complète. L'intestin larvaire, toujours cilié et en
cul-de-sac (fig. 33 à 44, *i*), est alors encapuchonné par une grande poche à

deux parois séparées par une cavité; c'est une vraie séreuse, dont le mince feuillet externe double l'ectoderme du Pilidium, auquel il est rattaché par la gelée mésodermique larvaire (*ml*), et dont le feuillet interne épais (*en*) est adossé à l'intestin, auquel il est rattaché par un peu du mésoderme larvaire (fig. 35 à 44, *mn*) qui s'est trouvé pris entre lui et les vésicules en voie d'accroissement. La cavité comprise entre les deux feuillets des vésicules soudées (fig. 42 et 44, *a*) est connue sous le nom d'*amnios*. Tout ce qui est en dehors de cet amnios fait partie du Pilidium, et ne peut être considéré que comme une enveloppe fœtale destinée à être rejetée. Tout ce qui est en dedans de l'amnios fait partie de la jeune Némerte. Le feuillet externe de l'amnios est donc transitoire et larvaire; le feuillet interne, bien que provenant de la même origine, est définitif et constituera en grande partie la peau de la Némerte. Ce sont les deux vésicules antérieures, associées à la vésicule impaire, qui constitueront le tégument de la région céphalique, jusqu'au niveau des organes latéraux, tandis que les deux vésicules postérieures donneront naissance à la peau de toute la région postérieure du corps, depuis les fentes céphaliques y comprises.

Il reste deux autres invaginations dont il n'a pas encore été question; elles partent, non plus de la sous-ombrelle, mais de la portion antérieure de l'œsophage. Elles ne jouent aucun rôle dans la constitution primordiale de la Némerte, mais elles sont destinées à former les tubes excréteurs ou néphridies de l'adulte (fig. 36, 38, 59, 41, 42, 44, *n*).

L'invagination impaire antérieure (fig. 58, 41, *v'*) contribue non seulement à la formation de l'amnios, mais encore et surtout à la constitution de la trompe (fig. 44, *t*).

On peut encore remarquer que la paire postérieure de vésicules (*v²*) forme, vers la profondeur et de chaque côté, un bourgeon creux se dirigeant vers l'intestin. C'est la première ébauche des organes latéraux, qui viendront se souder au cerveau. Ces organes dépendent donc, d'après BÜRGER, de la deuxième paire de vésicules; mais pour d'autres auteurs, ils prennent leur origine d'une invagination spéciale indépendante de la vésicule. Le résultat est d'ailleurs le même, et le fait important à considérer est la nature ectodermique de l'épithélium de ces conduits latéraux.

En résumé, l'intestin de la larve Pilidium, qui passe tout entier dans la Némerte, sert en quelque sorte d'axe directeur à cinq vésicules qui l'entourent peu à peu, le coiffent entièrement, se soudent entre elles, et l'isolent ainsi complètement du Pilidium, auquel il n'est plus rattaché que par un mince cercle péribuccal (fig. 42). C'est précisément la rupture de ce cercle qui met en liberté la jeune Némerte lorsque son développement est suffisamment avancé; elle quitte alors le Pilidium, où elle laisse le feuillet externe de l'amnios tapissant une grande cavité, vide maintenant du jeune qui s'y était développé. La larve peut encore nager quelque temps, mais elle ne tarde pas à se détruire, son rôle étant terminé à partir du moment où la jeune Némerte l'a quitté.

La Némerte, au moment où elle abandonne son Pilidium, est encore fort rudimentaire. Elle ne contient que l'intestin larvaire entouré d'une mince

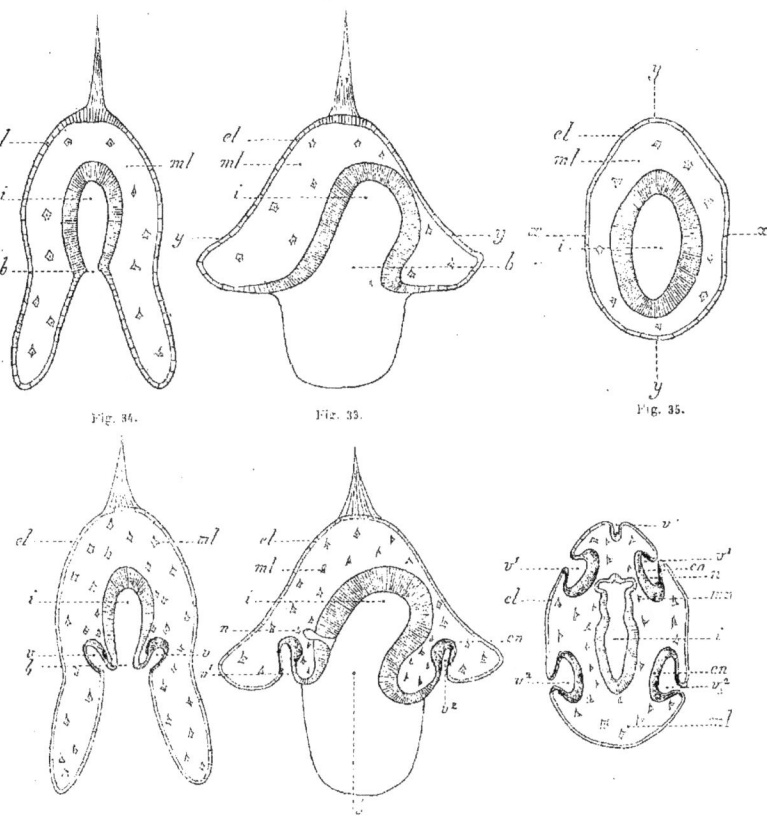

Fig. 34. Fig. 33. Fig. 35.

Fig. 37. Fig. 36. Fig. 38.

Fig. 33 à 44. — Différents stades de l'évolution du *Pilidium*. — Schémas montrant la formation du *Pilidium* dans la larve.

Les figures 33, 36, 39 et 42, qui occupent le milieu de chacune des séries de trois, sont des coupes verticales passant par le plan de symétrie. Les quatre figures de gauche de chacune des séries (34, 37, 40 et 43) représentent une coupe verticale perpendiculaire au plan de symétrie, à 90 degrés avec les quatre précédentes. Enfin, les quatre figures de droite de chaque série de trois (35, 38, 41 et 44) représentent des coupes horizontales, perpendiculaires aux deux précédentes. — Les figures sont schématiques et combinées d'après les plus récents travaux.

a, cavité amniotique; *b*, bouche; *el*, ectoderme larvaire; *en*, ectoderme de la jeune Némerte; *i*, intestin; *ml*, mésoderme larvaire; *mn*, mésoderme de la jeune Némerte; *n*, néphridies; *olt*, trompe; *v*, vésicules amniotiques; *v¹*, paire antérieure de vésicules; *v²*, paire postérieure de vésicules; *v'*, vésicule impaire antérieure.

Dans la figure 35, la ligne *xx* indique le plan de la section représentée par la figure 34; la ligne *yy* indique le plan de la section représentée par la figure 33. Dans les autres figures, les sections sont analogues.

couche de mésoderme, provenant : 1° de cellules du mésoderme larvaire qui se sont trouvées emprisonnées entre l'intestin et les vésicules pendant leur ascension, et 2° de cellules nouvelles bourgeonnées par l'extérieur de l'intestin larvaire ; le tout est entouré d'une peau épaisse formée par le feuillet profond de l'amnios (fig. 44). De plus on y remarque, sous forme de petites invaginations, les rudiments de la trompe, des organes latéraux et des néphridies.

La paroi du corps est donc constituée par un épais épiderme épithélial,

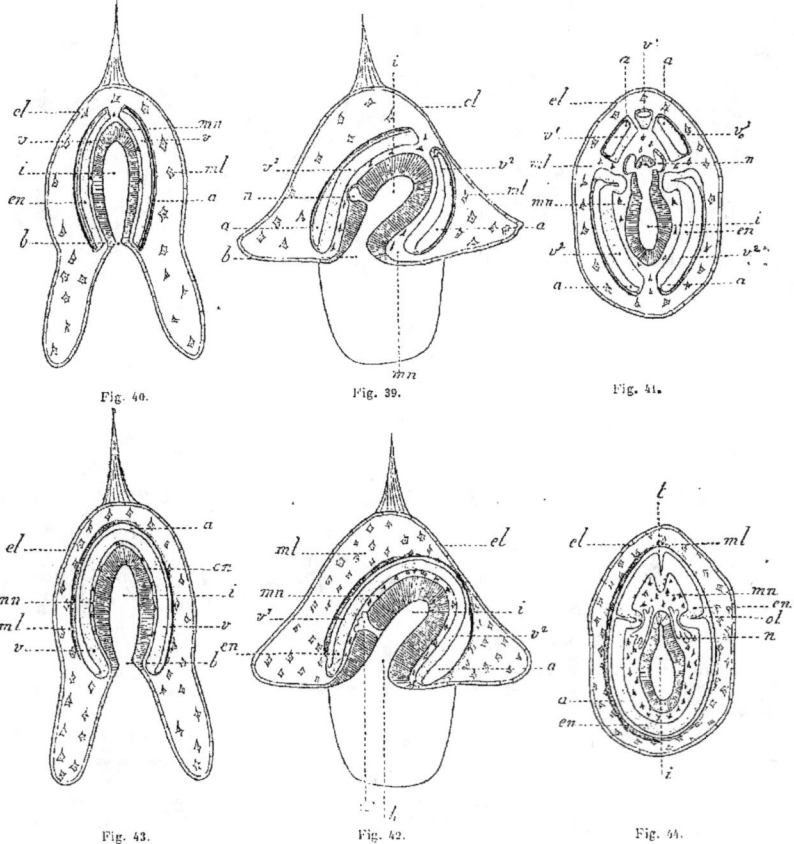

Fig. 40.   Fig. 39.   Fig. 41.

Fig. 43.   Fig. 42.   Fig. 44.

cilié, glandulaire, qui provient directement de la face interne des vésicules amniotiques. Cet épithélium bourgeonne par sa face profonde, surtout dans la région céphalique, les cellules nerveuses ganglionnaires qui formeront le cerveau, les nerfs latéraux et peut-être le réseau nerveux sous-cutané. De cet épithélium cutané naît encore la couche de fibres musculaires longitudinales la plus superficielle. C'est un des principaux caractères sur lesquels Hubrecht s'est basé pour rapprocher les Némertes des Cœlentérés, chez lesquels on trouve des cellules épithélio-musculaires et des nématocystes cutanés.

Les autres couches musculaires de la peau (circulaire et longitudinale profonde), de même que celle qui est en relation avec l'intestin, sont vraisemblablement dues à des modifications ultérieures du mésoderme.

Les organes se forment dans l'intérieur de la jeune Némerte aux dépens des éléments cellulaires primordiaux dont la provenance vient d'être exposée.

La trompe apparaît primitivement comme une invagination vésiculaire, impaire, médiane, antérieure, dont le feuillet externe prend part, au même titre que celui des autres vésicules, mais pour une portion très restreinte, à la constitution de l'amnios; son feuillet interne contribue à former la peau de la pointe de la tête. C'est cet étroit espace épithélial qui, s'enfonçant peu à peu vers la profondeur de la tête (fig. 45, A), refoule le mésoderme cépha-

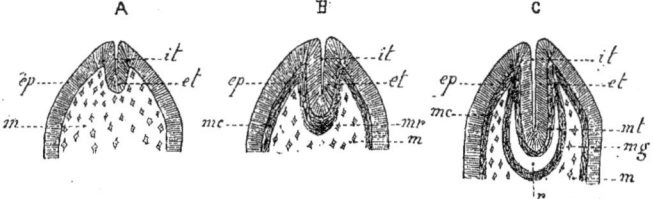

Fig. 45. — Schèmes représentant trois stades successifs de l'évolution de la trompe et de sa gaine. — *ep*, épithélium cutané; *et*, épithélium de la trompe; *it*, invagination de la trompe; *m*, mésoderme larvaire; *mc*, musculature pariétale; *mr*, musculature de l'invagination; *mt*, muscles de la trompe; *mg*, muscles de la gaine de la trompe; *r*, rhynchocœlome.

lique qui se dispose contre lui en un épais revêtement. Un peu plus tard, les cellules mésodermiques qui recouvrent l'invagination prennent l'aspect musculaire (fig. 45, B) et enfin se délaminent en deux couches séparées par un espace clos (fig. 45, C, *mg*, *mtr*).

La plus interne forme la musculature de la trompe (fig. 45, *mt*), la plus externe forme la musculature de la gaine de la trompe (*mg*); l'espace vide qui les sépare et qui se remplira de liquide, est le rhynchocœlome (*r*). Des épithéliums secondaires compléteront plus tard ces organes, mais tout ce qui est glandulaire dans la trompe, ainsi que son revêtement à nématocystes, provient de l'épithélium cutané primitif invaginé à la pointe de la tête.

La trompe s'accroît peu à peu vers l'arrière par simple allongement; elle s'intercale entre le dos et l'intestin de l'animal.

L'intestin du Pilidium devient celui de la Némerte sans modification; l'œsophage de l'adulte provient de la portion antérieure, ectodermique, de l'intestin primitif; le cul-de-sac intestinal larvaire devient l'intestin définitif, qui se perce secondairement d'un anus.

L'appareil circulatoire, d'après Bürger, dérive de l'endiguement d'un espace libre situé dans le Pilidium, dans le voisinage de la ligne d'accolement des deux vésicules antérieures. C'est la cavité hémale primitive qui, postérieurement, se propage vers le reste du corps.

Les néphridies, ou organes excréteurs, dont l'origine a été récemment très nettement précisée par Bürger, dérivent de la partie antérieure de l'invagination œsophagienne, sous forme de deux bourgeons creux, symétriques (fig. 36 à 44, *n*). Mais plus tard cette communication disparaît, et par la suite il s'en ouvre, chez la jeune Némerte, une autre, qui provient d'une invagination de la peau.

Le système nerveux central se forme dans la région céphalique, autour de l'invagination de la trompe; les cellules qui le composent sont dues à la prolifération profonde des cellules ectodermiques constituant la peau de la Némerte. Suivant certains auteurs (Salensky), c'est uniquement dans la région céphalique, par conséquent aux dépens des deux vésicules amniotiques antérieures, que se forme le cerveau; il émet en arrière deux cordons (les deux nerfs latéraux) qui s'accroissent ensuite, par leur pointe, vers la queue. Suivant Bürger, les deux vésicules antérieures ne donnent naissance qu'aux ganglions cérébroïdes dorsaux et à leur commissure dorsale; les deux ganglions ventraux avec leur commissure ventrale, de même que les deux nerfs latéraux dont ils ne sont que la terminaison, se forment aux dépens de l'épithélium interne des deux vésicules amniotiques postérieures.

Quant aux organes latéraux, on a vu précédemment comment ils bourgeonnent dans la région supérieure des vésicules postérieures, aux dépens de leur paroi épithéliale. Le canal qui y pénètre est en communication avec l'amnios. Ces organes se mettent en contact avec les ganglions dorsaux.

Évolution par la « larve de Desor ». — Cette forme larvaire se rencontre chez les Schizonémertes, de même que le *Pilidium*, dont elle semble au premier abord fort différente, mais dont on peut cependant la rapprocher facilement; elle semble même être particulière au genre *Lineus*. C'est en quelque sorte l'abréviation ou la condensation de l'évolution pilidienne, mais tout se passe à l'abri de la coque de l'œuf.

Les premiers stades de la segmentation, la constitution de la blastula et de la gastrula, sont identiques à ceux qui ont été décrits pour le *Pilidium*. La symétrie est tout d'abord radiaire, puis elle devient bilatérale. On voit alors se produire, comme dans le cas précédent, cinq invaginations; l'une impaire supérieure, les autres symétriques autour de la bouche; mais ici, au lieu d'aboutir à la constitution des vésicules, ces invaginations amènent simplement un glissement d'une plaque épithéliale (fig. 46 et 47, p^1) qui s'avance peu à peu (p^2, p^3) sous l'ectoderme larvaire cilié. L'orifice d'invagination disparaît, et l'on trouve alors sous la peau de la larve cinq plaques à un seul rang de cellules, qui ne tardent pas à se souder les unes aux autres. L'ectoderme larvaire est alors entièrement doublé d'un second épithélium (fig. 47, *en*), qui est destiné à devenir la peau de la Némerte. Bientôt une séparation se produit entre ces deux épithéliums (fig. 48), par simple écartement, ce qui constitue l'*amnios* entre la paroi larvaire (fig. 48 et 49, *b*) et la paroi de la Némerte (*c*). Celle-ci ne tarde pas à se couvrir de cils vibratiles fins, dont les mouvements amènent la rotation du jeune animal dans le liquide amniotique (*r*), tandis que la paroi ciliée de la larve peut elle-même se mouvoir dans la coque de l'œuf où elle est encore enfermée. Le résultat de cette évolution est donc d'isoler la jeune Némerte, au moyen d'un amnios, dans l'intérieur d'une larve, qui est l'homologue du Pilidium, mais très simplifié.

Le mésoderme se forme aux dépens des cellules ectodermiques et endodermiques qui bourgeonnent dans le cœlome.

La trompe se forme, comme dans le Pilidium, aux dépens de la plaque impaire, par invagination. Il en est de même pour les néphridies qui partent aussi de la paroi antérieure de l'œsophage. Les organes latéraux se forment, d'après HUBRECHT, par une paire d'invaginations de l'ectoderme primaire de la larve. D'après le même auteur, le système nerveux central se produirait aux dépens du mésoderme, mais c'est manifestement une erreur, et il est bien certain que dans la larve de Desor, comme dans le Pilidium, l'ectoderme seul

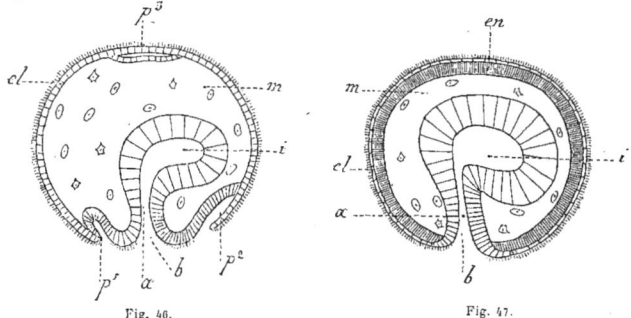

Fig. 46.   Fig. 47.

FIG. 46 et 47. — Schèmes de la formation de la larve de DESOR combinés d'après J. BARROIS et HUBRECHT. — *b*, bouche; *ct*, ectoderme larvaire cilié; *en*, ectoderme de la future Némerte; *i*, intestin; *m*, mésoderme; *œ*, œsophage; p^1, p^2, p^3, trois stades successifs d'avancement des plaques épithéliales.

donne naissance au système nerveux. Le mésoderme fournit les couches musculaires profondes de la peau, et l'ectoderme la couche superficielle. L'intestin d'origine endodermique se ferme, puis s'ouvre plus tard, en communication avec l'œsophage qui semble provenir de l'ectoderme.

DÉVELOPPEMENT DIRECT. — Dans l'état actuel de nos connaissances sur le développement direct des Némertes, il n'est pas possible de dégager des faits certains une notion suffisamment générale. Les formes pourvues d'un amnios, *Pilidium* ou larve de Desor, appartiennent toutes aux Schizonémertes; au contraire, le développement direct semble le propre des Hoplonémertes, mais avec des variations assez importantes d'une espèce à l'autre.

On retrouve chez les unes les premières phases de la segmentation et de l'invagination d'un endoderme dans la blastula, pour constituer une gastrula typique, comme chez les types précédents; chez les autres (ROULE), la phase blastula est supprimée et remplacée par une planula compacte, résultant de la segmentation; pour d'autres auteurs, il se produit cependant une gastrula par délamination. Voici comment s'exprime ROULE à cet égard : « Parmi les cellules agglomérées qui constituent la planula, les externes représentent l'ectoderme, celles placées plus en dedans donnent naissance au mésoderme, et les internes se modifient, les unes en éléments de l'endoderme, les autres en petites masses plasmiques absorbées par ceux-ci comme aliments. »

Un des faits les plus curieux de cette évolution directe est la substitution à l'épiderme cilié de la larve d'un autre épiderme, également cilié, qui se forme en dessous. C'est là une réminiscence indubitable des faits plus compliqués qui ont été exposés pour le Pilidium et la larve de Desor (KORSCHELT et HEIDER). Ce que l'on sait de la formation des organes internes montre qu'ils ne diffèrent pas originairement de ce qui a été décrit chez les types à développement indirect. Cependant HOFFMANN considère la trompe comme un

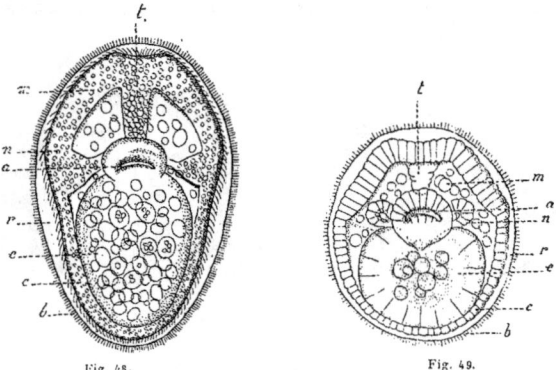

Fig. 48.   Fig. 49.

FIG. 48 et 49. — Deux figures de larves de Desor, à un stade un peu plus avancé que les précédentes, d'après J. BANNOIS. — a, bouche; b, peau larvaire; c, peau de la jeune Némerte; e, estomac; m, cellules mésodermiques; n, néphridies; r, amnios; t, trompe.

diverticule de la cavité digestive, ce qui paraît fort douteux après les observations diamétralement opposées qui ont été faites chez les autres types.

CLASSIFICATION. — Les Némertes avaient été primitivement dispersées parmi les autres Vers; elles furent groupées et définies par Cuvier. Une première division fut établie par MAX SCHULZE qui, selon que ces Vers présentent ou non un stylet dans la trompe, les a divisés en Inermes (Anopla) et en Armés (Enopla). Cette classification primordiale a été conservée par tous les auteurs modernes, pour les Némertes armées, qui, outre leur stylet, présentent une série de caractères uniformes, différentiels, de premier ordre. Mais le groupe des Inermes contient des animaux sans autre caractère commun que l'absence de stylet, et différant entre eux par des caractères anatomiques de grande importance. Aussi Hubrecht a-t-il divisé les Némertes en Hoplonémertes (Enopla) et en Schizonémertes + Paléonémertes (Anopla). Longtemps cette classification a été suivie; mais BÜRGER a été amené par ses études récentes à créer un nouveau groupe et à établir une répartition nouvelle des genres.

Le tableau suivant montre la concordance des diverses classifications et la répartition des principaux genres dans chaque section.

NOMS DES GENRES	BÜRGER	HUBRECHT	MAX SCHULZE
Carinina HUBRECHT			
Carinella JOHNSTON	*Protonemertini*		
Hubrechtia BÜRGER			
Cephalothrix ØRSTED	*Mesonemertini*	*Paléonémertes*	
Carinoma OUDEMANS			
Polia DELLE CHIAJE			ANOPLA.
Poliopsis JOUDIN			
Valenciennesia DE QUATREFAGES			
Lineus SOWERBY	*Heteronemertini*		
Borlasia OKEN			
Micrura EHRENBERG		*Schizonémertes*	
Cerebratulus RENIER			
Langia HUBRECHT			
Drepanophorus HUBRECHT			
Nemertes CUVIER			
Nemertopsis BÜRGER			
Amphiporus EHRENBERG			
Prosorochmus KEFERSTEIN			
Ototyphlonemertes DIESING			
Tetrastemma EHRENBERG			
Monopora SALENSKY	*Metanemertini*	*Hoplonémertes*	ENOPLA.
Typhlonemertes DU PLESSIS			
Geonemertes SEMPER			
Prosadenoporus BÜRGER			
Stichostemma MONTGOMERY			
Malacobdella DE BLAINVILLE			
Nectonemertes VERRILL			
Pelagonemertes MOSELEY			
Hyalonemertes VERRILL			

Nous suivons la classification de BÜRGER, qui est la plus précise et la plus naturelle.

Protonemertini. — Le cerveau et les nerfs latéraux sont situés en dehors de l'enveloppe musculaire des parois du corps, soit dans l'épiderme, soit sous la membrane basale. La paroi du corps est formée d'un épiderme et de deux couches musculaires, l'une circulaire et l'autre longitudinale. La bouche est en arrière du cerveau. La trompe est dépourvue de stylet (BÜRGER). — *Carinina* HUBRECHT, cerveau et nerfs latéraux situés dans l'épiderme cutané, en dehors de la membrane basale : *C. grata* HUBRECHT, espèce de grande profondeur recueillie dans les eaux des Bermudes par le *Challenger*. — *Carinella* JOHNSTON, nombreuses espèces : *C. polymorpha* (RENIER) HUBRECHT, grande espèce des côtes d'Europe, de couleur orangée; *C. annulata*, commune dans les mers européennes, se sécrète un tube parcheminé; ses brillantes couleurs sur lesquelles tranchent des lignes et des cercles d'un blanc pur en font une des plus belles espèces.

Mesonemertini. — Les nerfs latéraux sont situés dans la musculature du corps (fig. 7, A, *nl*). La paroi du corps consiste en un épiderme et deux couches de muscles, l'une circulaire et l'autre longitudinale; la bouche est en arrière du cerveau, la trompe est dépourvue de stylet (BÜRGER). — *Cephalothrix* ØRSTED, Némertes extrêmement grêles vivant dans le sable ou la vase : *C. linearis* RATHKE, côtes d'Europe.

Heteronemertini. — Les nerfs latéraux sont situés, comme chez les *Protonemertini*, en dehors de la couche de muscles circulaires (fig. 7, B, *nl*). Leur position apparente est cependant différente, à cause de l'apparition d'une nouvelle couche musculaire longitudinale, qui s'est insinuée entre la membrane basale et la couche circulaire. La paroi du corps consiste en un épithélium, la peau, une couche musculaire longitudinale externe (nouvelle), une couche musculaire interne et une couche musculaire longitudinale interne. Les nerfs latéraux sont situés entre la couche longitudinale et la couche musculaire circulaire. La bouche est située en arrière du cerveau. La trompe est dépourvue de stylet (BÜRGER).

Poliadæ JOUBIN (*Eupoliadae* HUBRECHT). — Les fentes céphaliques affectent ordinairement la forme de dents de scie disposées autour du cou. — *Polia* DELLE CHIAJE (*Eupolia* HUBRECHT), nombreuses espèces : *P. delineata* atteint près d'un mètre de long. — *Poliopsis* JOUBIN : *P. Lacazei* JOUBIN, grande espèce rose et transparente de la Méditerranée, de la mer du Nord et de l'océan Indien. — *Valenciennesia* DE QUATREFAGES, tête très pointue, présentant un orifice pour la trompe situé non à l'extrémité du corps, mais près de la bouche : *V. longirostris* QTRF, côtes de France; le corps rose, à tête blanche, atteint de 30 à 40 centimètres; creuse dans le sable des galeries qu'elle tapisse de filaments soyeux.

Lineidæ MAC INTOSH. — La tête est pourvue de deux grandes fentes latérales, longitudinales, au fond desquelles, près du cou, s'ouvrent les organes latéraux. Cette famille se divise en deux sous-familles, *Micrurinæ* et *Amicrurinæ*, selon que les espèces présentent ou non un appendice caudal filamenteux.

Amicrurinæ BÜRGER. — Pas d'appendice caudal. — *Lineus* SOWERBY, nombreuses espèces : *L. geniculatus* (QTRF) BÜRGER (fig. 1 et 2), une des plus grandes et des plus belles espèces, des mers européennes chaudes; de couleur vert clair avec des anneaux blancs; *L. longissimus* SOWERBY, la plus grande espèce de Némerte connue; on en trouve souvent atteignant sept à dix mètres; DE QUATREFAGES en cite une de quatre-vingt-dix pieds; elle habite la Manche. — *Borlasia* OKEN (*Euborlasia* VAILLANT) : *B. Elisabethæ* MAC INTOSH, mers d'Europe.

Micrurinæ BÜRGER. — Un appendice caudal. — *Micrura* EHRENBERG, dont les représentants, généralement courts, ne nagent pas; nombreuses espèces dans nos mers; certaines, comme par exemple *M. purpurea* J. MÜLLER, peuvent varier du blanc au noir, en passant par toutes les nuances du rose, du vert et du brun. — *Cerebratulus* RENIER, comprenant des espèces plus vigoureuses, qui nagent à la manière des Anguilles et ne se contractent pas en nœuds; la tête est pointue, le corps a une section ellipsoïdale. Espèces très nombreuses : *C. marginatus* RENIER, peut atteindre plus d'un mètre et deux ou trois centimètres de diamètre; section du corps losangique; se trouve dans la vase des mers d'Europe. — *Langia* HUBRECHT, caractérisé par la section aplatie du corps, dont les bords retroussés sur le dos constituent de cette façon une longue gouttière : *L. formosa* HUBRECHT, Méditerranée; *L. obockiana* JOUBIN, Obock.

Metanemertini. — Les nerfs latéraux ont complètement traversé le revêtement musculaire des parois du corps et sont venus se placer en dedans,

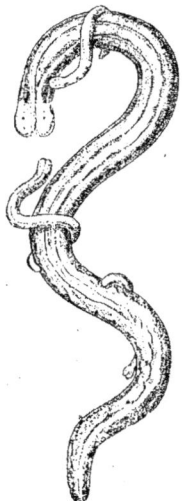

FIG. 50. — *Prosorochmus Claparedei*, avec ses jeunes, espèce vivipare, d'après MAC INTOSH.

dans le parenchyme (fig. 7, C, *nl*). La paroi du corps consiste en un épiderme, une couche de muscles circulaires et une couche de muscles longitudinaux. La bouche est située en avant du cerveau. La trompe, sauf quelques exceptions, est pourvue d'un stylet (BÜR-GER). — *Drepanophorus* HUBRECHT; l'appareil stylifère, au lieu d'être simple, se compose d'une série de petits stylets implantés dans une lame courbée (fig. 14); les yeux sont très développés; ces animaux très vigoureux, nagent comme les *Cerebratulus* : *D. spectabilis* QTRF, côtes d'Europe. — *Nemertes* CUVIER (*Eunemertes* MAC INTOSH), corps très grêle, tête aplatie en spatule : *N. Neesi* ØRSTED; *N. echinoderma* MARION, peau remplie de petits corpuscules calcaires en forme de C; *N. gracilis* JOHNSTON, commun sur les côtes de la Manche. — *Amphiporus* EHRBG, pourvu de sillons céphaliques compliqués et, le plus souvent, d'un grand nombre d'yeux : *A. marmoratus* HUBRECHT, pourvu d'un stylet dont le manche porte deux ailerons latéraux.

Les nombreux genres qui suivent sont excessivement difficiles à caractériser et à distinguer les uns des autres. Ils comprennent des Némertes marines, terrestres et d'eau douce. Dans un récent mémoire, MONTGOMERY propose de les réunir tous dans une même famille, celle des *Tetrastemmidæ*, en y faisant deux divisions :

1° Némertes chez lesquelles la bouche n'est pas en communication avec le rhynchodœum. — *Prosorochmus* KEFERSTEIN : *P. Claparedei* KEF. est vivipare (fig. 50). — *Typhlonemertes* DU PLESSIS, dont les représentants ont des otocystes, mais sont aveugles. — *Tetrastemma* EHRBG, quatre yeux en carré sur la tête, mais pas d'otocystes; comprend un très grand nombre d'espèces, toutes de petite taille, et dont les caractères extérieurs sont sujets à de nombreuses variations, selon la nature ou la couleur du fond où on les recueille: *T. candidum* O. F. MÜLLER et *T. dorsale* ABILDGAARD sont remarquables sous ce rapport.

2° Némertes dont la bouche est en communication avec le rhynchodœum. —

Monopora SALENSKY, vivipare : *M. lacustris*, trouvé dans le ac de Genève par DU PLESSIS. Les autres genres sont ovipares. — *Geonemertes* SEMPER, terrestre comme son nom l'indique, présente des corpuscules calcaires dans la peau; on en a trouvé dans les pays du monde les plus éloignés : *G. palaensis* SEMPER aux îles Carolines, *G. australiensis* DENDY en Australie, etc. — *Prosadenoporus* BÜRGER, manque de système aquifère. — *Stichostemma* MONTGOMERY : *S. Eilhardi* MONTGOMERY, forme d'eau douce des environs de Berlin.

On arrive maintenant à un certain nombre de genres qui diffèrent considérablement des véritables *Metanemertini*. Il est fort probable qu'ils ne sont pas destinés à être maintenus dans ce groupe.

Malacobdella BLAINV. (fig. 51), qui vit en parasite dans la cavité palléale de divers Mollusques lamellibranches (*Cardium*, *Mactra*, *Cyprina*, etc.); corps court, arrondi en dessus, plat en dessous, et pourvu à l'extrémité postérieure d'une ventouse ronde, tout à fait analogue, d'aspect et même de structure, à celle des Hirudinées; longueur ne dépassant guère 30 à 40 millimètres; organisation générale rappelant celles des Némertes armées, bien que la trompe soit dépourvue de stylet. L'espèce la mieux connue, *M. grossa* BLAINVILLE, se trouve en Europe et dans l'Amérique du Nord. D'autres espèces ont été décrites, mais il est difficile de décider si elles diffèrent réellement de celle-là, car le principal caractère distinctif n'est guère tiré que de leur habitat dans des Lamellibranches différents.

FIG. 51. — *Malacobdella mercenaria* d'après VERRILL. — Vue dorsale de l'animal, grossi quatre fois.

Les trois genres qui suivent sont tellement éloignés du reste des Némertiens qu'il serait naturel d'établir pour eux un cinquième sous-ordre, celui des *Pelagonemertini*. Cependant leur anatomie et leurs affinités ne sont pas assez connues, pour qu'il soit encore permis de prendre cette décision, d'autant plus que l'on ne sait rien de leur embryogénie. Ces animaux sont pélagiques, et ce genre d'existence a tellement influé sur leur structure et leur aspect qu'il n'est plus possible, au premier abord, d'y retrouver le type ordinaire des Némertes tel qu'il a été exposé précédemment.

Ces trois genres sont représentés chacun par une seule espèce, dont on n'a vu encore qu'un très petit nombre d'exemplaires.

Pelagonemertes MOSELEY, représenté par l'espèce *P. Rollestoni* MOSELEY (fig. 52). Deux échantillons seulement, une femelle adulte et une jeune, ont été recueillis par le *Challenger* au moyen de filets de grande profondeur, au large de l'Australie du Sud et du Japon. L'animal adulte est entièrement transparent; son intestin seul tranche par son opacité et sa couleur brune. Le corps est long d'environ 4 centimètres, épais de 5 millimètres, large de 2 centimètres; il est foliacé, à bords lobés, présente une bouche ventrale, un anus postérieur (A), et un intestin à culs-de-sac rameux latéraux (D). Deux ganglions cérébroïdes (G), situés un peu en arrière de la bouche, envoient deux longs nerfs latéraux (NC). La trompe (P) est munie d'un muscle rétracteur postérieur; elle est enfermée dans une vaste gaine (PrS), garnie de muscles spéciaux externes, au niveau de son insertion; il est impossible de dire si elle est ou non pourvue de stylets. Les ovaires (O) consistent en une série de petites sphères creuses, situées sur le bord du corps, en dehors du cordon nerveux, et s'ouvrant sur la face ventrale. Une forte musculature enveloppe le corps sous le tégument; elle se compose d'une couche de fibres circulaires externes (CM) et d'une couche longitudinale profonde (LM) disposée

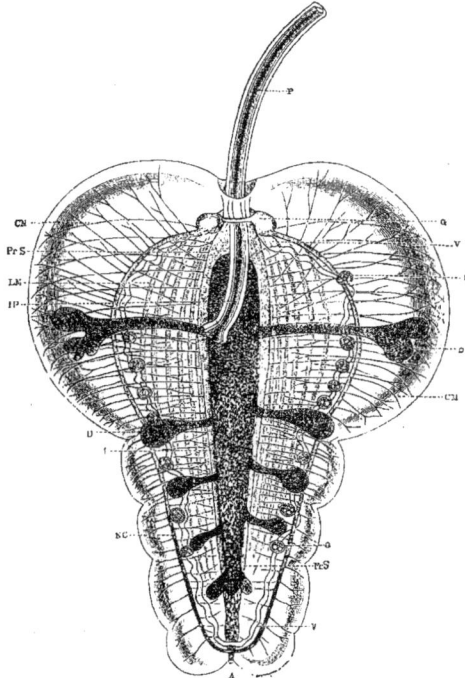

Fig. 52. — *Pelagonemertes Rollestoni.* — Femelle adulte, d'après Moseley. La trompe est en partie sortie. — A, anus; CM, muscles circulaires; D, diverticule de l'intestin; G, ganglion cérébroïde; I, intestin; IP, portion invaginée de la trompe; LM, muscles longitudinaux; NC, nerf latéral; NL, un tronc nerveux latéral; O, ovaire; P, trompe; PrS, gaine de la trompe; V, vaisseau.

en bandes parallèles. Les muscles et les organes sont enfouis dans un mésenchyme gélatineux transparent. Aucun organe des sens n'a pu être reconnu.

Nectonemertes Verrill, représenté par l'espèce *N. mirabilis* Verrill (fig. 53), a un tout autre aspect. Le corps, adapté à la vie pélagique, est transparent, aplati, allongé, à bords minces, pourvu d'une nageoire caudale légèrement bilobée. La tête est séparée du corps par un cou bien marqué, d'où partent deux grands appendices cirriformes, musculeux à la base, que l'on trouve seulement chez l'adulte. Les organes latéraux forment un amas de chaque côté de la tête. Des muscles puissants, surtout vers la queue, se distinguent à travers la peau. On aperçoit aussi un bulbe musculaire dans la trompe, mais il n'a pas été possible d'y constater la présence d'un stylet. Sur des coupes, la structure de la trompe est analogue à celle qu'on observe chez les Némertes armées ordinaires. Sur la tête, de chaque côté, se trouve un groupe de papilles saillantes, dont chacune est en rapport dans le tégument avec des organes piriformes, opaques, de couleur jaune. L'intestin est pourvu de larges culs-de-sac, souvent bilobés dans la région antérieure du corps; l'anus est situé au milieu de la nageoire caudale.

Les glandes génitales offrent l'aspect et la disposition ordinaires; il en est de même de l'appareil vasculaire. Le plus grand individu observé par VERRILL avait 58 millimètres de long. Quelques autres individus jeunes, différant de l'adulte par la brièveté des cirres, ont été également recueillis au large des États-Unis par l'*Albatros*.

Hyalonemertes VERRILL, genre à peu près inconnu, représenté par l'espèce *H. atlantica* VERRILL. Recueilli dans les mêmes parages, également par l'*Albatros*; VERRILL n'en a donné qu'une courte description sans figures. Le corps, dépourvu de cirres, a une nageoire caudale et est très transparent.

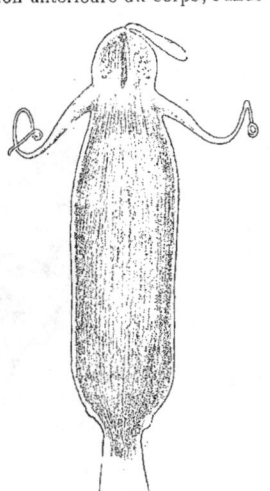

FIG. 53. — *Nectonemertes mirabilis* VER-RILL. — Vue dorsale de l'animal, dont la trompe est en partie émise; grossi deux fois.

AFFINITÉS ZOOLOGIQUES DES NÉMERTIENS. — La recherche des relations des Némertes avec d'autres groupes appartenant non seulement à la classe des Vers, mais encore à divers autres types d'animaux, a fait l'objet de bien des discussions et servi de thème à des hypothèses aussi nombreuses que hasardées. Au fur et à mesure des découvertes, et selon le plus ou moins d'importance attaché par les auteurs à tel ou tel caractère, les Némertiens ont été rapprochés tour à tour principalement des Turbellariés et des Annélides, et, accessoirement, des Cœlentérés, des Mollusques, des Arthropodes et des Entéropneustes. HUBRECHT a même cherché à y retrouver les traits d'une parenté ancestrale avec les Vertébrés.

Si l'on se base sur la similitude d'aspect et de consistance, sur la présence d'un tégument cellulaire, entièrement cilié, dépourvu de chitine, sur l'absence d'une vraie cavité générale, puisqu'elle est remplie par le parenchyme, sur la disposition analogue de la musculature, sur la structure et l'origine de l'appareil excréteur, on peut, grâce à ces caractères de première importance, rapprocher les Némertes des Turbellariés. C'est de beaucoup l'opinion qui paraît le plus acceptable. En outre, la présence, dans les deux groupes, de flammes vibratiles terminales des culs-de-sac excréteurs est un fait si tranché et si exclusivement propre aux Plathelminthes qu'il suffirait à lui seul pour éloigner les Némertes des Annélides. Enfin le Pilidium, où l'on a cherché à retrouver la larve *Trochosphæra* des Vers annelés, est, au contraire, bien plus voisin des larves ciliées et de celles à enveloppes transitoires emboîtées de certaines Planaires, voire des formes parasites telles que les Trématodes et les Cestodes.

Quant à la trompe, elle n'a aucun rapport avec celle des Annélides, qui n'est qu'une modification de l'œsophage. Elle ne ressemble pas davantage à celle des Planaires, sauf toutefois à celle de quelques types établissant une transition entre les deux formes.

Le système nerveux, surtout chez les Némertes inférieures où les nerfs latéraux se dissocient en un réseau sous-cutané, ressemble beaucoup plus à celui des Planaires, surtout à celui des Triclades où la structure des centres, des troncs latéraux et des anneaux se répète trait pour trait, qu'à celui des Annélides avec leur chaîne ventrale de ganglions ; dans les deux types de Plathelminthes, on rencontre même les anneaux anastomotiques. Les seules différences importantes sont la présence de la commissure si particulière qui enferme la trompe dans un collier et le fait que chez les Turbellariés le système nerveux est contenu dans le parenchyme, tandis qu'il est plus ou moins pariétal chez les Némertes.

Le caractère principal qui différencie les Némertes des Turbellariés est l'extrême simplicité des organes génitaux dans le premier type, opposée à leur grande complication dans le second. De plus, les Némertes ont toujours, sauf de très rares exceptions, les sexes séparés, tandis qu'ils sont réunis chez les Turbellariés.

Le rapprochement des Némertes et des Annélides est principalement basé sur l'apparence métamérique des culs-de-sac intestinaux, entraînant celle des organes génitaux (que l'on retrouve aussi avec la même disposition sériée chez diverses Planaires allongées du groupe des Triclades) et des anses vasculaires ; la présence d'un anus dans les deux types et l'existence d'un appareil circulatoire assez semblable constituent des analogies, qui établissent en même temps de nouvelles différences avec les Turbellariés. Quant à ce qui est de la présence chez *Malacobdella* d'une ventouse analogue à celle des Sangsues, il ne faut y voir qu'une adaptation spéciale à la vie parasitaire, ce caractère n'entraînant aucune autre modification organique, et ne pouvant en aucune façon être généralisé dans le reste du groupe, ni être invoqué comme un lien entre les Hirudinées et les Némertiens.

Un autre fait important, qui montre bien nettement la proche parenté des Némertes et des Turbellariés, est l'existence de formes de transition entre les deux types. Voici comment Pruvôt résume ce que l'on sait sous ce rapport :

« La petite famille des Microstomides appartient sans conteste aux Planaires rhabdocèles ; mais elles ont la bouche reportée très haut, comme une Némerte, et surtout les sexes séparés. Une espèce même, le *Microstomu lineare*, est marine, ce qui l'éloigne encore des Rhabdocèles, et, de plus, offre un tube digestif droit, terminé par un anus.

« Il n'est pas jusqu'à la trompe, si caractéristique des Némertes, qui ne puisse se retrouver chez les Turbellariés. Chez le *Prostomum lineare*, par exemple, qui vit dans les eaux douces et se nourrit de Cyclopes, un orifice supérieur conduit dans une chambre occupée par une trompe conique sans connexion avec le tube digestif. Garnie extérieurement de papilles cornées et munie de quatre muscles rétracteurs, elle n'est pas exsertile, mais peut être mise à nu par l'action de deux muscles longitudinaux, insérés sur les téguments au niveau de la base de la trompe; par leur contraction, ils mettent à nu la trompe en tirant en bas les téguments qui la recouvrent et la protègent. »

Nous ne pouvons exposer ici sur quelles subtilités HALLER se base pour rattacher les Némertes, par leur système nerveux, aux Mollusques, aux Annélides et aux Arthropodes. Il en est de même pour l'opinion de MAC INTOSH qui, en se basant sur des analogies vasculaires et sur des ressemblances existant entre la larve *Tornaria* et le *Pilidium*, cherchait à rapprocher les Némertes des Entéropneustes.

Il reste à indiquer rapidement quels caractères HUBRECHT a invoqués pour rapprocher les Némertes à la fois des Cœlentérés et des Vertébrés.

Les Némertes se rapprochent des Cœlentérés par la présence de nématocystes (?) dans l'épithélium de la trompe; par leur très riche plexus nerveux tégumentaire; par la présence de fibres musculaires épidermiques, distinctes de celles de la musculature générale du corps; par la présence de la gelée qui enveloppe les fibres musculaires et les organes; par le mode de développement du mésoblaste; par l'absence d'un entérocèle distinct.

Les Némertes se rapprochent des Vertébrés par la structure générale du système nerveux : en particulier, le nerf médio-dorsal serait homologue de la moelle épinière des Vertébrés. La trompe serait une modification de l'hypophyse du cerveau (à cause de ses rapports avec la bouche). Les éléments qui forment la gaine de la trompe sont susceptibles de donner naissance à la notochorde. La portion antérieure de l'appareil digestif peut être, comme chez les Vertébrés, interprétée comme appareil respiratoire.

Dans l'état actuel de nos connaissances, tant sur les Némertes que sur les groupes auxquels HUBRECHT les compare, on ne peut considérer son opinion, d'ailleurs fort curieuse et brillamment exposée, que comme une vue de l'esprit insuffisamment corroborée par les faits. L'opinion qui paraît s'écarter le moins possible de la vérité consiste à regarder les Némertes comme très étroitement alliées aux Turbellariés, avec lesquels elles constituent, en compagnie des formes parasites (Cestodes et Trématodes), l'ordre des Plathelminthes. Elles présentent aussi des points de contact avec les Annélides, mais il serait imprudent d'attribuer à ces deux types une origine commune à l'exclusion des autres Plathelminthes.

On peut enfin se demander si, de même que l'origine des Trématodes peut être recherchée parmi les Turbellariés, on pourrait de même voir dans les

Némertes les ancêtres des Cestodes. Dans l'état actuel de nos connaissances et vu l'absence de formes intermédiaires, on ne peut contrôler le bien fondé de cette hypothèse, contre laquelle cependant ne s'élève aucune impossibilité irréductible, et en faveur de laquelle militent au contraire quelques faits encore trop peu positifs pour être indiqués ici.

INDEX BIBLIOGRAPHIQUE

J. Barrois, *Mémoire sur l'embryologie des Némertes.* Annales des sc. nat., zool., (6), VI, p. 1-232, 1877.

O. Bürger, *Untersuchungen über Anatomie und Histologie der Nemertinen.* Zeitschrift für wiss. Zoologie, L, p. 1-277, pl. I à X, 1890.

O. Bürger, *Vorläufige Mittheilungen über Untersuchungen an Nemertinen des Golfes von Neapel.* Nachrichten von der k. Gesellschaft der Wiss. zu Göttingen, p. 111-141, 1891.

O. Bürger, *Die Enden des excretorischen Apparates bei den Nemertinen.* Zeitschrift für wiss. Zoologie, L, p. 522, 1892.

O. Bürger, *Studien zu einer Revision der Entwicklungsgeschichte der Nemertinen.* Berichte der naturforschenden Gesellschaft zu Freiburg i. Br., VIII, p. 111-141, 1894.

O. Bürger, *Fauna und Flora des Golfes von Neapel. Nemertinen.* Berlin, in-4° de 743 p. et 31 pl., 1895.

Hubrecht, *Untersuchungen über Nemertinen aus dem Golfe von Neapel.* Niederländ. Archiv für Zoologie, II, p. 98-135, pl. IX-XI, 1875.

Hubrecht, *Zur Embryologie der Nemertinen.* Zool. Anzeiger, 1885.

Hubrecht, *Report on the Nemertea collected by H. M. S. Challenger,* 1887.

L. Joubin, *Recherches sur les Turbellariés des côtes de France.* Archives de Zool. expérim et gén., (2), VIII, 1890.

L. Joubin, *Faune française. Les Némertiens.* Paris, in-8° de 238 p. et 4 pl., 1895.

Korschelt und Heider, *Lehrbuch der vergleichenden Entwickelungsgeschichte der wirbellosen Thiere.* Iéna, 1893.

Von Kennel, *Beiträge zur Kenntniss der Nemertinen.* Arbeiten aus dem zool. Institut zu Würzburg, IV, p. 305-581, pl. XVII-XIX, 1878.

Mac Intosh, *A monograph of the British Annelids. Nemerteans.* Ray Society. London, in-folio de 213 p. et 23 pl., 1873-1874.

Marion, *Recherches sur les animaux inférieurs du golfe de Marseille.* Annales des sc. nat., zool., (5), XVII, 1873 et 1874. — *Remarques complémentaires sur le Borlasia Kefersteini.* Ibid., (6), I, p. 19-30, 1874.

Montgomery, *Ueber die Stilette der Hoplonemertinen.* Zool. Anzeiger, XVII, p. 208 und 501, 1894.

T.-H. Montgomery, *Stichostemma Eilhardi Mtgy.; ein Beitrag zur Kenntniss der Nemertinen.* Berlin, 1894.

H.-N. Moseley, *On Pelagonemertes Rollestoni Moseley.* Annals and Magazine of nat. hist., (4), XVI, 1875.

Oudemans, *The circulatory and nephridial Apparatus of the Nemertea.* Quarterly Journal of microscopical science, (3), XXV, 1885.

Du Plessis, *Note sur le Tetrastemma lacustris.* Zoologischer Anzeiger, 1891.

De Quatrefages, *Recherches anatomiques et zoologiques faites pendant un voyage sur les côtes de la Sicile et sur les divers points du littoral de la France.* 2e partie, p. 85-220, pl. IX-XXIV, 1846-1847.

L. Roule, *L'embryologie comparée.* Paris, 1894.

M. Schultze, *Beiträge zur Naturgeschichte der Turbellarien.* 1re partie. Greifswald, 1851.

C. Semper, Geodemertes pelaensis, *eine Land-Nemertine von Pelew-Island.* Zeitschrift für wiss. Zool., XIII, p. 559, 1863.

L. Vaillant, *Suites à Buffon. Annelés,* 3e partie (fin de l'ouvrage de M. de Quatrefages sur les Annélides), p. 549-620, 1890.

Verrill, *The marine Nemerteans of New-England and adjacent waters.* Transactions of the Connecticut Academy, VIII, p. 382-457, 1875.

Vogt et Yung. *Traité d'anatomie comparée pratique.* Paris, p. 286-311. (Les Némertes ont paru en 1886.)

TABLE DES MATIÈRES

TABLE ANALYTIQUE

TABLE ANALYTIQUE.

TRAITÉ DE ZOOLOGIE

PUBLIÉ SOUS LA DIRECTION DE

RAPHAËL BLANCHARD

Le **Traité de Zoologie** sera publié en VINGT-SIX FASCICULES paraissant à bref délai et ayant chacun sa pagination, son titre et ses tables des matières. Chaque fascicule formera donc une véritable monographie, écrite par un auteur d'une compétence incontestable.

LISTE DES COLLABORATEURS

BEDOT (Dr Maurice), Directeur du Musée d'histoire naturelle de Genève.
CUÉNOT (Dr Lucien), Professeur-adjoint à l'Université de Nancy.
HALLEZ (Dr Paul), Professeur à l'Université de Lille.
JAMMES (Dr L.), Chargé de conférences à l'Université de Toulouse.
JAQUET (Dr Maurice), Assistant à l'Institut anatomique de Bucarest.
JOUBIN (Dr Louis), Professeur à l'Université de Rennes.
JULIN (Dr Charles), Professeur à l'Université de Liège.
KŒHLER (Dr René), Professeur à l'Université de Lyon.
KUNSTLER (Dr Jules), Professeur-adjoint à l'Université de Bordeaux.
MONIEZ (Dr Romain), Professeur à l'Université de Lille.
NASONOV (Dr Nicolas-Victor), Professeur à l'Université de Varsovie.
OUSTALET (Dr Émile), Assistant au Muséum d'histoire naturelle de Paris.
PELSENEER (Dr Paul), Professeur à l'École normale de Gand.
PRENANT (Dr Auguste), Professeur à l'Université de Nancy.
RAILLIET (Alcide), Professeur à l'École vétérinaire d'Alfort.
RICHARD (Dr Jules), Chargé des travaux zoologiques à bord du yacht de S. A. le Prince de Monaco.
ROULE (Dr Louis), Professeur à l'Université de Toulouse.
SAINT-RÉMY (Dr Georges), Chef des travaux pratiques à l'Université de Nancy.
SIMON (Eugène), Ancien Président des Sociétés Zoologique et Entomologique de France.
STUDER (Dr Th.), Professeur à l'Université de Berne.
TOPSENT (Dr Émile), Professeur à l'École de médecine de Rennes.
TROUESSART (Dr E.-L.), Membre de la Société Zoologique de France et de la Société de biologie.
WAGNER (Dr Jules-Nicolas), Privat-docent à l'Université de Saint-Pétersbourg.
WEBER (Dr Max), Professeur à l'Université d'Amsterdam.
ZELINKA (Dr C.), Professeur à l'Université de Graz.

FASCICULES DÉJA PARUS :

XI. — *Némertiens*, par L. JOUBIN (avec 53 figures, dont 18 en couleurs).
XVI. — *Mollusques*, par P. PELSENEER (avec 157 figures, dont 22 en couleurs).

FASCICULES SOUS PRESSE :

IV. — *Mésozoaires*, par Ch. JULIN.
VII. — *Échinodermes*, par L. CUÉNOT (avec 150 figures environ).
XV. — *Annélides*, par M. JAQUET.
XXV. — *Mammifères*, par MAX WEBER (avec 200 figures environ).

34100. — Imprimerie LAHURE, 9, rue de Fleurus, à Paris.

www.ingramcontent.com/pod-product-compliance
Lightning Source LLC
Chambersburg PA
CBHW060820180626
46818CB00002B/889